NOËLLE LORIOT

Un cri

GRASSET

AU DOCTEUR K.

Si quelqu'un ose me dire que j'ai une sale gueule, je hurle.

Fatiguée. Je suis une femme de quarante-quatre ans fatiguée. Sans intérêt. Et qu'on ne me parle pas de mon sacerdoce, de ma profession admirable : la plus grande joie que m'ait donnée cette semaine un malade incurable, c'est de me dire vous êtes jolie.

Une midinette, eh oui. L'étonnant, pour moi, serait qu'on fût surpris. Une midinette qui a l'obligation d'arriver à l'hôpital à huit heures et demie tous les jours. Mais ce matin elle enfile sa blouse blanche avec cinquante minutes de retard et une secrète jubilation : elle a passé la nuit hors de chez elle, ce qu'elle n'avait pas fait depuis trois ans.

Tête effrayante. Je n'ai pas eu le temps de me maquiller. Fond de teint et rouge à lèvres ne changeraient d'ailleurs pas grand-chose : l'ennemie c'est cette paupière fripée qui s'affale bêtement et fait de mon œil droit un prisonnier morose.

« Madame. »

Il est dans mon dos avec sa voix étouffée et son odeur de muguet fané qui m'écœure. *Mon* interne, le seul qui ait réussi à susciter ma colère en plus de vingt ans de carrière. Depuis quatre mois il me guette, il me traque, il me pose des colles, m'obligeant à me précipiter sur mon encyclopédie médico-chirurgicale pour redécouvrir ce que j'ai appris en troisième ou quatrième année de médecine; il tient à s'excuser suavement quand je consens à trébucher; il me fait la guerre avec une joie féroce et silencieuse que seul trahit son œil bleu tout rond et globuleux.

Il est en analyse. Dans deux mois il me quittera pour entrer dans un service de psychiatrie. Mais d'ici là je dois me contenir chaque matin pour ne pas le frapper.

« Madame.

— Oui, Chabret ? »

Je lui fais face. Il n'est pas plus grand que moi mais trapu, presque gras. Son œil vigilant s'attarde sur mon visage, sa bouche étroite s'entrouvre mollement. Régis Chabret n'ose pas me dire que j'ai une sale gueule. Il ose davantage :

« Madame, je pourrais peut-être passer seul la visite de la salle Parot ?

— Et pourquoi, Chabret ?

— Pour vous éviter toute fatigue, madame.

— Et pourquoi, Chabret ? »

Il rosit à peine, baisse le nez pour regarder un instant sa chaussure droite dont la semelle bâille, et relève la tête en rejetant d'une pichenette une lourde mèche de cheveux bruns et poisseux derrière son oreille.

« Parce que vous paraissez épuisée, madame, il faut l'avouer.

— Et faut-il que je vous avoue, moi, Chabret, pourquoi j'ai une sale gueule ?

— Il ne s'agit pas de votre... Je n'ai jamais dit...

— Parce que j'ai trop baisé la nuit dernière, mon petit Chabret. Et à mon âge, ça ne pardonne pas. »

Seigneur, je suis une idiote. J'ai voulu le choquer. Je n'ai fait que susciter son mépris.

« Vous plaisantez, madame. »

Non, je ne plaisante pas. Depuis trois ans je ne plaisante plus avec mes internes; depuis qu'ils ont renoncé à me tutoyer; depuis que j'ai moi-même capitulé devant ce tu qui facilitait nos rapports et me rajeunissait. Soriat, un blondinet de vingt-quatre ans, timide et joufflu, a été l'instrument de cette capitulation. Ça ne passait pas, le tu lui gonflait la gorge et quand il parvenait enfin à l'éjecter c'était pour le fourrer n'importe où et s'empresser de reprendre le vous. « S'il te plaît, Françoise Gaillant, vous devriez voir le malade du six, il te réclame. » Et les imbéciles s'esclaffaient. Vaincue, j'ai dit foutez-moi tous ce tu au rancart, appelez-moi madame et levez-vous quand j'entre dans une pièce. Et j'ai cessé de faire teindre mes deux mèches blanches. Quarante et un ans. Je renonçais avec amertume à être une jeune femme.

« Il y a deux entrants dans le service, madame. »

Je marche à longues enjambées, Chabret juste derrière moi; sentant son souffle sur mon cou, je relève le col de ma blouse.

« Des cas sérieux ?

— Un pré-delirium, trente-neuf ans, et une tentative de suicide, vingt-deux.

— Pourquoi avez-vous accepté la tentative ? Il n'y a plus de place chez Fournel ? »

Jacques Fournel, surnommé Beau Jacquot. Patron du service de neuropsychiatrie, il appartient à la vieille école, et Chabret lui manifeste un mépris sans nuance. Dépassé, Beau Jacquot ? Inefficace ? C'est possible. Mais Chabret m'irrite, qui cherche à se justifier de façon simpliste.

« On nous a collé ce malade d'office; c'est donc qu'il n'y a plus de place chez Fournel.

— Vous vous foutez de moi, Chabret ? »

Je me suis immobilisée brutalement et il s'est accroché à mon épaule pour ne pas tomber. Je fais volte-face, le regardant de tout près : visage luisant, blanc à écœurer, il essaie de plaquer un sourire rusé sur ce masque ingrat.

« Vous commencez à m'agacer singulièrement, mon petit Chabret. Croyez-vous que je ne comprends pas votre manège ? Vous avez l'intention de jouer au psychiatre avec notre tentative de suicide. Vous avez l'intention de priver ce jeune type de l'aide plus sérieuse de Fournel. Mais je ne vous laisserai pas faire.

— Vous vous égarez, madame, je n'ai jamais pris ce genre d'initiative.

— Et vous mentez en plus. Avez-vous dit à votre psychanalyste que vous mentiez ? »

Il recule d'un pas, me jetant un regard aigu.

« Je lui ai parlé de vous, madame, de mes conflits avec vous. Il explique très bien votre comportement.

— Je ne veux pas le savoir, Chabret. Il me suffit d'imaginer comment vous me traitez dès que j'ai le dos tourné. Le con, c'est pour Fournel. Pour moi, c'est sans doute la garce. Ou l'hystérique. Non, ne répondez pas, venez. »

Trois externes m'attendent devant la salle Parot et je retrouve comme chaque matin, brouillée et ahurissante, l'image de mes vingt ans dans ma blouse blanche trop grande et mon angoisse constante. Tarquin, ce petit bonhomme noiraud au visage de clown triste, Tarquin a-t-il réellement cette ambition frénétique dont il m'a parlé et qui était la mienne à son âge ? Il prépare l'internat, mais j'ai l'impression qu'il le fait en dilettante, sans véritable passion. Il est doué, infiniment plus que le pauvre Jolivet, ce grand dadais plein de bonne volonté et de lacunes, qui dans deux ans à peine sera médecin; j'en frémis.

« Bonjour, madame. »

Elle s'est détachée du groupe. Elle me sourit. Elle n'a pas un regard pour Chabret qu'elle déteste. Hélène Varèse, la plus jeune de mes externes. La plus brillante. Suprême insolence, elle est belle et semble l'ignorer. Chabret, qu'elle intimide, nous précède pour ouvrir la porte de la salle des hommes et s'efface devant nous.

Tous les lits sont occupés. Vingt-deux. Une odeur de fauve que ne parvient pas à couvrir celle des antiseptiques. Je fonce sur la première fenêtre et l'entrouvre. Une infirmière est aussitôt dans mon dos. Elle dit très fort :

« Ils la refermeront dès que vous sortirez. Ils aiment ça, cuire dans leur jus, rester dans leurs sales odeurs. »

Denise, trente-deux ans. Un visage ingrat entre deux bandeaux blondasses. Compétente, rapide, raciste. Il y a sept Portugais dans la salle, et deux Nord-Africains; c'est pour eux qu'elle parle. Chabret rit sans bruit, il attend de ma part une protestation, une remarque cinglante. Lui refusant ce petit plaisir, je file vers le dernier lit de la première rangée : l'un des deux entrants, le prédelirium.

Il est assis, deux oreillers dans le dos, et s'agite frénétiquement comme s'il cherchait à chasser un moustique. Il ne me voit pas, il ne voit personne, pas même Chabret qui lui demande de se calmer.

Hélène Varèse me tend l'observation. L'homme s'appelle Raymond Bonnal, il a la quarantaine, un ulcère de l'estomac traité il y a quatre ans, et une fracture de côte.

« Cette fracture, nous l'avons découverte par hasard, précise Varèse. Il n'en souffrait pas.

— L'alcool est un anesthésiant, dis-je. J'ai connu un ivrogne qui s'était empalé et qui continuait de chanter. »

Chabret me regarde de biais, il est le seul à ne pas sourire. Je me sens soudain très vieille, aussi vieille que ces vieux patrons qui ont toujours une anecdote fumeuse à placer au bon moment.

Bonnal, le pré-delirium, n'a pas même relevé la tête. Fasciné, il regarde ses mains trembler.

« Depuis quand avez-vous ces tremblements ? »

Son petit œil gris consent à couler vers moi un regard méfiant.

« Je l'ai déjà dit à l'autre docteur. »

Et il essaie de tendre son bras vers Chabret. Mais son bras tremble trop; il le saisit de son autre main et laisse échapper un « merde » gras et furieux.

« Quelques semaines, répond Chabret. Il m'a dit hier soir quelques semaines; c'est du moins ce que j'ai cru comprendre : il était dans un état effrayant. »

J'enlève le second oreiller et oblige Raymond Bonnal à s'allonger.

« Votre profession ?

— Chauffeur-routier. »

C'est le troisième en moins d'un mois. Le troisième chauffeur-routier qui échoue dans mon service pour pré-delirium. Et c'est la première fois que j'ai envie d'être délivrée du secret professionnel. Ecrire un article. Le faire publier dans un quotidien à grands tirages. Alerter la télévision et la radio. Montrer ce Bonnal et ses petits copains alcooliques, et dire voilà les salauds que vous rencontrez sur nos routes. Silence, vous qui n'êtes jamais entrés dans un service d'urgence pour accidentés de la route : vous auriez tort de protester.

L'alcoolisme, je connais. J'aimerais pouvoir le dire à Chabret et à mes externes. Mais pourquoi sommes-nous aussi guindés, nous les médecins français ? Petits bourgeois mesquins. Le mien s'appelait alcoolisme mondain. Parce que, pour boire, j'attendais six heures du soir et d'être en compagnie de quelques amis. Dès lors je n'arrêtais plus : whisky, vin, champagne et à nouveau whisky. Rien ne me freinait, pas même le fait d'avoir été appréhendée, une nuit, par un flic, au moment où je volais un plaid dans une voiture stationnée dans mon quartier. Mais le jour où j'ai raté une ponction lombaire parce que ma main tremblait, j'ai cessé net. Pas une goutte d'alcool pendant un an. Et depuis, le moins possible.

J'ai pu. Bonnal et ses copains pourraient.

« Vous buvez quoi ?

— Presque rien.

— Ne me dites pas que c'est de l'eau, je n'ai pas de temps à perdre.

— Quelques petits verres de vin pendant les repas, presque rien.

— Et entre les repas ?

— Jamais d'alcool. Quelques petits verres de bière.

— Parce que, pour vous, la bière ce n'est peut-être pas de l'alcool ? »

Je sens le regard de Chabret qui ne me lâche pas, qui me juge, qui me condamne, qui me dit ce matin tu ne vaux pas un clou, tu lui montres ton hostilité, tu ne sais pas te maîtriser.

« Ben non, répond Bonnal, ce n'est pas de l'alcool. »

Et il repousse ses couvertures, tente de se lever. Tarquin intervient, le prend par les épaules, l'aide à s'allonger.

« Je ne peux pas rester en place, se plaint Bonnal. Il faut que je bouge, il faut que je m'agite.

— Classique, dit Chabret. Dans votre cas, c'est tout à fait classique.

— Qu'est-ce que c'est mon cas ?

— Alcoolisme, dis-je. Vous en êtes au stade qui précède le delirium tremens. Si vous continuez à boire vos petits verres, vous y arriverez très vite et ce sera irréversible.

— Irréversible, répète Bonnal d'un air hébété. Il faut bien se soutenir. Un petit verre de temps en temps, ça aide. Je fais un métier difficile. »

Je dis moi aussi et rends à Varèse son observation. Chabret a l'air inquiet.

« Qu'est-ce que vous proposez ? me demande-t-il à voix basse.

— Et vous ?

— Equanil intramusculaire, trois ampoules par jour. Et un peu de son bon alcool en perfusion.

— Parfait. Allez-y. »

Il me jette un regard soupçonneux.

« Ce Bonnal ne vous intéresse pas ?

— Qu'en pensez-vous ? »

Je sais ce qu'il en pense : je suis injuste, je ne

donne pas toutes ses chances à Bonnal qui est un malade psychique; je devrais l'envoyer, non pas à Fournel, mais à Ricart, le chef de clinique assistant du patron, qui, à trente-trois ans, s'oriente vers la nouvelle école et pour lequel Chabret a une admiration naïve mêlée de crainte. Il hausse les épaules et dit on l'en sortira, c'est un brave bougre.

« Eh là, qu'est-ce que vous allez me faire ? crie Bonnal tandis que je me penche sur son voisin.

— Vous soigner. Vous calmer. Vous demander de ne plus boire une goutte d'alcool. Vous sortirez dans deux semaines et vous recommencerez. »

Le voisin de Bonnal est un Nord-Africain de cinquante-deux ans. Il se plaint de douleurs diffuses, tantôt au niveau de l'estomac, tantôt beaucoup plus bas.

J'essaie de le découvrir, mais il s'accroche à son drap en glapissant :

« Tu peux pas faire ça, je suis tout nu.

— Ne soyez pas stupide, je dois vous examiner. »

Il continue de s'accrocher à son drap avec une terreur feinte.

« Je ne veux pas te montrer mon cul. Jamais fait tripoter mon zizi par une femme. »

Les rires fusent. Le grand Jolivet au visage jaunâtre a soudain une tache rose sur chaque pommette. Chabret garde son masque grave. La superbe Varèse s'impatiente. Je reste calme. Trop fatiguée.

« Examinez-le », dis-je à Tarquin qui paraît étonné, presque déçu.

La dernière fois qu'un Nord-Africain a refusé

de se montrer nu devant moi, je suis entrée dans son jeu. Je lui ai dit que je le soupçonnais d'en avoir une toute petite, honteuse. Les rires ont été de mon côté et l'homme a aussitôt exhibé un sexe triomphant sous l'œil curieusement gêné de Chabret.

Mais jouer, aujourd'hui, me paraît bien au-dessus de mes possibilités. Ma lassitude est si profonde que non seulement mon esprit me semble paralysé mais tous mes sens. Est-ce bien mon nom qu'une infirmière crie du couloir ? Chabret lance son irritant « Madame ».

« C'est pour vous, dit Varèse. On vous demande au téléphone. »

Qui ose m'appeler à l'hôpital ? Seule ma mère le ferait si l'un de mes enfants était malade. Je file vers mon bureau où j'ai fait passer la communication.

Une voix métallique, pas très belle : celle de l'homme avec qui j'étais la nuit dernière, Daniel Letessier.

« J'ai osé, dit-il. C'est mal ?

— Oui, mais j'en suis ravie. »

Il rit. Il me dit qu'il flemmarde dans son lit, qu'il pense à moi. Qu'il trouve énorme, délirant d'avoir couché avec une agrégée, une femme qui dirige un service dans un hôpital de l'A.P. Ça le rend, ajoute-t-il, brutalement heureux.

« Je dirige une annexe d'un service, qui est indépendante. Mais je ne suis pas patron. Je ne le serai peut-être jamais.

— Pourquoi ? On te barre la route ? Ils sont misogynes dans ton coin ?

— Ça m'arrange. Je n'ai pas envie d'aller plus loin. Pas envie de lutter.

— Manque d'ambition ?

— Je l'ai eue, cette ambition. Je ne suis plus du tout la femme qui l'a eue.

— Jamais eue. J'ai renoncé en seconde. Je suis un cancre. »

C'est la troisième fois qu'il me le dit en moins d'une semaine. Suspect, noterait Chabret. Daniel est un cancre séduisant qui lui aussi m'épate. Mais je n'ose pas, moi, le lui dire. Petite bourgeoise.

« Raccroche, Daniel. »

Il s'étonne, s'excuse et enchaîne aussitôt en me faisant remarquer que nous sommes aujourd'hui jeudi : un anniversaire. Il y a une semaine je le voyais pour la première fois. Chez moi. Un malade comme les autres. Non, pas tout à fait. A la fois inquiet et amusé parce qu'il ne s'attendait pas à trouver, dans le cabinet de consultations et derrière le bureau, une femme. On l'avait envoyé au professeur agrégé Gaillant, point. Ce qu'il avait à me montrer c'étaient ses fesses, une tache suspecte sur sa fesse gauche.

« Tu m'as tout de suite rassuré; pourquoi ? Ma frousse était tellement visible ?

— Ta frousse était évidente malgré ton œil rigolard, mais j'avais la certitude qu'il ne s'agissait pas d'un cancer de la peau. J'ai tout de même quelques petites connaissances. Raccroche, Daniel, s'il te plaît.

— Enorme, tu es énorme », dit-il avant de le faire.

Comme je sors du bureau, je me heurte à Mme Héron, la surveillante.

« Votre tête.

— Quoi, ma tête ?

— Elle est exsangue, elle est sans vie, elle est plus moche qu'au moment de votre tuberculose. Et ne me dites pas que vous n'avez pas eu le temps de vous maquiller; vous m'avez fait le coup plusieurs fois. D'ailleurs, avec une tête comme ça... »

La sienne est rose et ronde. Des joues tendues par la graisse, un œil clair, gai, rapide. Mme Héron me connaît depuis vingt ans. J'étais interne quand elle a fêté son premier galon et elle avait déjà ce ton dru et protecteur.

« Avec une tête comme ça, reprend-elle, vous devriez être raisonnable. Une radio de contrôle, hein, vous pourriez vous offrir ce petit luxe ? Qu'en dites-vous ? Je préviens Catherine et vers midi vous vous faites faire une belle image.

— Pas le temps. Demain. »

Elle m'empêche de passer. Quatre-vingts kilos sur un mètre soixante. Sa main potelée s'appuie sur mon bras.

« Ecoutez, madame Gaillant, je sais exactement de quand date votre dernière radio de contrôle : plus de quinze mois. Vous croyez que c'est sérieux ?

— Je n'ai pas terminé ma visite. Demain, promis.

— Mais demain c'est le jour de votre consultation.

— J'arriverai plus tôt. Aujourd'hui je voudrais rentrer chez moi à temps pour déjeuner avec mes enfants; ça m'arrive si rarement. »

Argument péremptoire. Héron s'écarte mais me retient tout de même par le bras.

« Ils doivent être grands à présent. Vous vous rappelez ? Je jouais avec eux dans la cour de l'hôpital.

— Elisabeth a presque dix-neuf ans, et Julien, quinze.

— Ils sont beaux ? »

Je dis oui et aussitôt je me sens gênée. D'abord parce que c'est faux. Ensuite parce que j'ai eu la bêtise de faire la même réponse à Daniel il y a deux jours. Son sourire ironique : « On est fière de ses petites entrailles, hein ? » Daniel a un fils de dix-neuf ans dont il a laissé la garde à la seule femme qu'il ait épousée et qui n'est pas la mère du garçon. Ce fils ne l'intéresse pas. Il « l'aperçoit » de temps en temps et n'a rien à lui dire. Bluffe-t-il ?

Jacques Etiévant, le jeune homme de vingt-deux ans qui vient d'échouer dans mon service pour une tentative de suicide, pourrait être le fils de Daniel; le mien. Il est abondamment chevelu, à la façon d'Angela Davis : une masse noire et frisotée brimant un visage étroit, joli.

« Lavage d'estomac à quatre heures du matin, commente Chabret. Sérum bicarbonaté isotonique. Tension normale. Rien d'inquiétant. On a trouvé dans sa chambre un tube de valium et un tube de mogadon. Vides, bien sûr. Il refuse de répondre à mes questions.

— J'ai connu un Etiévant, dis-je en me penchant vers le lit. Francis Etiévant, professeur d'histoire à Charlemagne. Un de vos parents ? »

Il fait non de la tête, se gratte le nez. Ses mains sont belles, pâles, aux ongles douteux.

« Pas la peine de vous casser le cul, je recommencerai. »

Sa voix enrouée est d'un enfant qui aurait trop crié.

« Vous recommencerez, soit. Mais pourquoi ? »

Un rire bizarre tremble sur son visage et Jacques Etiévant se redresse, découvrant des épaules maigres, presque rachitiques.

« Parce que j'en ai marre. Faites tous chier.

— Ils ont tous un point commun, intervient Varèse : la grossièreté. Qu'il s'agisse d'un petit employé de bureau, d'un représentant en brosses à dents, d'un P.-D.G ou d'un plombier, dès l'instant qu'ils ratent leur suicide ils crachent leur amertume et des gros mots. Comme des gosses butés. »

Je lui fais signe de se taire et elle murmure pardonnez-moi en jetant un coup d'œil glacial à Chabret qui ricane.

Jacques Etiévant les observe un instant avec une sorte d'étonnement courroucé puis il reprend de la même voix enrouée :

« Marre du système. Marre de ce type gras et puant de suffisance (il pointe un doigt jauni par la nicotine vers Chabret). Marre de ces minets roses et sages (Jolivet et Tarquin). Envie de dégueuler.

— Vous n'êtes pas obligé de nous fréquenter, dis-je. Si vous avez échoué ici c'est parce que vous l'avez cherché.

— Je n'ai rien cherché. J'ai raté mon coup, c'est tout. La prochaine fois...

— Nous sommes là pour vous aider, Etiévant. Alors, s'il vous plaît, parlons sérieusement.

— Et qui nettoiera ?

— Quoi ?

— Qui nettoiera les vomissures ? Vos parlotes me donnent envie de dégueuler, je vous l'ai dit.

— Je parie, murmure Chabret dans mon dos, je parie qu'en fait de système il s'agit tout bêtement d'un chagrin d'amour, comme d'habitude. Grandes théories fumeuses et petit chagrin d'écolier.

— Ça suffit, proteste Varèse, tu es odieux, Chabret.

— Pas plus que toi. »

Je les prends l'un et l'autre par le bras et leur demande, ainsi qu'à Tarquin et Jolivet, de poursuivre la visite sans moi. *Mea culpa.* Depuis quelque temps mon autorité s'est effilochée comme un vieux tricot entre deux crises de fatigue et de négligence.

Je m'assieds sur le lit d'Etiévant. Le gosse a tourné son visage vers la cloison qui le sépare de son voisin. Il a un profil bref et une bouche de fille qui tremble légèrement.

« Regardez-moi, Etiévant. »

Il le fait avec réticence, et son œil très sombre devient soudain très doux, caressé par une larme qui reste accrochée à la paupière, vaillante, pudique.

« Elle vous a quitté ? »

Il ne répond pas et renifle discrètement.

« Quel âge ?

— Trente. »

C'est un murmure suivi d'un soupir rauque.

« Mariée ?

— Avec un type infect.

— Et vous ?

— Quoi, moi ? »

Il renifle à nouveau, se redresse, cherche un mouchoir, ne le trouve pas et me demande une cigarette.

Je lui tends mon paquet de gitanes.

« Vous irez les fumer dans les chiottes. Ici c'est interdit. Votre profession ?

— Etudiant en droit. Mes parents sont poissonniers. Des masses de fric. Le droit m'emmerde. Mais ils veulent que je sois avocat. Ça ou rien. Un avocat qui puera le poisson. »

Je lui demande ce que fait la femme mariée.

« Rien, dit-il. Son mari est imprimeur. Lui aussi des masses de fric. Vingt ans de plus qu'elle, affreux, brutal, jaloux. Elle n'ose pas le quitter.

— Et si elle osait ? »

Il baisse la tête et regarde une tache sur son drap avec un intérêt immense. Il sait presque aussi bien que moi que son histoire est d'une banalité affligeante. Mais c'est ce « presque » qui le fait basculer dans une obstination d'enfant.

« Je l'épouserais, répond-il.

— Et ce serait un échec. Elle l'a compris mieux que vous. »

Il fait un grand geste comme pour chasser une mouche, une ombre, rien.

« Vous m'emmerdez, dit-il d'un ton très doux. Que cherchez-vous ? »

Je me sens vide, totalement privée d'imagination. Je n'ose même plus dire à Etiévant que je suis là pour l'aider.

« Vous déconnez, reprend-il. Vous déconnez comme quelqu'un qui n'aime pas le bonheur.

— J'aime la vie.

— C'est bien ce que je dis : vous n'aimez pas le bonheur. La vie sans le bonheur ne m'intéresse pas.

— Votre bonheur ne valait pas un clou, Etiévant : il n'a servi qu'à vous masquer la vie. On vous enlève provisoirement ce masque et la vie vous fait peur. C'est consternant.

— Et alors ? »

Sa fureur de faible tremble dans le regard errant qu'il lève vers moi, dans sa voix enrouée qui s'étrangle un peu plus.

« La vie me fait peur, oui, et il y a de quoi. Si

vous cherchez à me prouver le contraire, je ne vous écouterai pas.

— Reposez-vous, Etiévant, je vais réfléchir à votre problème. »

N'importe quoi. J'ai dit n'importe quoi, bousculée par une sorte de vertige froid qui ralentit mon pouls dangereusement, me brouille la vue, me laisse une traînée de sueur glacée tout au long de la colonne vertébrale et sur le front, sur la lèvre supérieure; et m'oblige à me cramponner aux couvertures du lit. Si je me lève, je vacille; il le faut pourtant.

« Vous êtes malade, docteur ? »

Une toute petite voix d'enfant. Etiévant me regarde avec inquiétude. Je voudrais pouvoir l'aider. Pas le temps hélas. Ni la force.

« J'aime le bonheur moi aussi, Etiévant. Le bonheur et la vie. Les deux. Ça n'est pas incompatible. »

Je suis debout, encore vertigineuse, et je rejoins ma « troupe » dans une sorte de brouillard. C'est la deuxième fois en moins d'une semaine que j'éprouve cette sorte de malaise.

Je demande à Jolivet de téléphoner à Fournel, il me faut un lit dans son service pour le petit Etiévant qui m'inquiète. Et je me sens incapable de terminer la visite.

« Pas de problème grave, Chabret ? »

Il hésite. Je comprends que, pour l'instant, son problème c'est moi et ma sale gueule. Que faut-il faire ? Que faut-il dire ? Prudemment il se détourne du placide désastre que je lui ai mis sous les yeux et jette un « non madame » déférent et suave avant de se pencher sur un nouveau malade.

« Je serai dans mon bureau, Chabret. Si...

— Bien madame. »

Je suis sur la porte quand je le sens derrière moi.

« Quelque chose ne va pas, mon vieux ? »

S'il me disait « Vous, madame », je crois que je capitulerais. Mais son regard flotte au-dessus de ma tête comme s'il cherchait une abstraction perdue quelque part dans la salle.

« Geneviève Liénard, madame. Elle vous réclame.

— Comment le savez-vous puisqu'elle n'est plus chez nous ?

— Je suis allé la voir hier soir.

— Pourquoi, Chabret ?

— Parce qu'elle m'avait fait appeler.

— Vous mentez.

— Oui madame. »

Il est à peine plus pâle, mâchoires crispées. C'est avec le « cas Liénard » que tout a commencé à se détériorer entre Chabret et moi.

« Vous êtes tuant, mon vieux. Je serai dans mon bureau et je ne pense pas que j'irai voir Liénard.

— Bien madame. »

J'ouvre la porte, mes mains sont glacées, mon visage en sueur et toute mon ambition se résume à ceci : ne pas m'effondrer avant d'avoir pu m'enfermer dans mon bureau.

Je suis allongée sur le lit d'examen, rideaux tirés, cigarette entre deux doigt, non allumée. Mon pouls a repris un rythme normal, le fruit dur qui obstruait ma gorge a disparu et je n'ai plus de sueurs froides. Un malaise, Gaillant. Un malaise dû au surmenage, rien de plus. Ne te lance pas dans le grand jeu des diagnostics délirants, s'il te plaît.

J'allume ma cigarette, et mon geste bref, précis, me rejette d'un coup dans une marée de souvenirs désagréables. Ma première rencontre avec Geneviève Liénard.

Deux mois. Je venais de la faire entrer dans mon cabinet de consultations. A peine assise, elle fit surgir d'une poche de son tailleur une longue cigarette blonde et l'alluma d'un geste sec, avec une immense lassitude dans son sourire étroit. Une belle femme aux larges yeux tranquilles. Quarante-deux ans. Ingénieur pour une firme d'automobiles. Elle aussi avait cru que le professeur agrégé Gaillant, auquel l'avait envoyé son médecin traitant, était un homme; elle se réjouissait, me disait-elle, que ce fût moi. De quoi souffrait-elle ? Fatigue, rien de plus. Mais les radiographies de ses poumons étaient alarmantes. Une petite opacité régulière et dense occupait la base droite, évoquant soit un abcès, soit une tuberculose, mais plus probablement un cancer.

Elle n'était pas inquiète; seulement étonnée que son médecin habituel eût jugé indispensable de demander mon avis. Et quel était-il cet avis ?

« J'aimerais des examens complémentaires. Seriez-vous disposée à venir passer quelques jours à l'hôpital ? »

Elle n'avait rien contre. Ce serait même pour elle une excellente occasion de se reposer. Des vacances inespérées.

Les examens confirmèrent qu'il s'agissait bien d'un cancer secondaire, mais je décidai de ne pas le lui dire. Geneviève Liénard semblait avoir un avenir très limité et ses derniers mois de vie devaient être préservés. La seule chose que nous pouvions lui proposer — et sans grand espoir — c'était une intervention chirurgicale. Auparavant, nous voulions découvrir son cancer primitif. C'est alors que nos rapports commencèrent à devenir plus difficiles. Les nombreuses radiographies que nécessitait le dépistage intriguèrent Geneviève Liénard puis finirent par l'alarmer. Ce fameux « abcès » que nous lui avions annoncé et qui exigeait une opération lui paraissait de plus en plus suspect; pourquoi suscitait-il tant d'examens complémentaires ?

« Simple mesure de précaution. Nous voulons avoir la certitude que l'infection ne s'est pas installée ailleurs.

— Vraiment ? Ce malheureux abcès ? »

Elle plantait son regard dans le mien et je ne cillais pas. J'ai toujours su mentir aux malades, même lorsqu'ils exigeaient que je jure sur la tête de mes enfants ma bonne foi. Assener la vérité à un incurable est une démarche bêtement cruelle. Dès lors que ce malade n'a plus aucun espoir de survie, tout dialogue avec lui devient faux, truqué. Parfois sublime mais truqué. En fait, personne n'est assez fort pour assumer, sans souffrir horriblement, ce genre de vérité. Personne. J'attends qu'on me prouve le contraire.

« Ce malheureux abcès, oui », dis-je.

Elle alluma une cigarette comme s'il s'agissait d'un défi.

« Vous mentez, docteur, ne me dites pas le contraire.

— Puis-je vous demander pourquoi je mentirais ?

— Parce que c'est votre rôle; vous le jouez

d'ailleurs avec talent. Votre rôle c'est de ménager les malades, quels qu'ils soient. Je dis bien : quels qu'ils soient. Mais je veux savoir la vérité. Je suis assez forte, assez lucide pour l'affronter. Quelle qu'elle soit. »

Elle perdait par degrés son calme en dépit de son immobilité résolue. Je fumais, elle fumait, cigarette fichée entre deux lèvres minces; elle, assise comme un Bouddha sur son lit; moi, debout.

« Vous avez un abcès, je vous promets que c'est la vérité. On vous opère dans quelques jours, et s'il n'y a pas de complications vous reprenez trois semaines plus tard une vie normale. »

Elle levait vers moi son vaste œil sombre à la fois inquiet et méfiant.

« Soit, il ne s'agit que d'un abcès. Mais si j'avais un cancer, est-ce que vous me le diriez ?

— Probablement.

— J'aimerais un oui ou un non.

— Oui. Je vous le dirais parce que vous êtes une femme très intelligente. D'ailleurs je ne pourrais pas faire autrement. Le bluff, dans ce genre d'affaire, ça ne marche pas longtemps. Ainsi, si vous aviez un cancer, je serais obligée de vous interdire de fumer. »

Elle eut alors un franc sourire, suscité par l'espoir extravagant que je venais de lui jeter. Ce malheureux petit argument, le tabac, avait balayé d'un coup toute sa méfiance. Elle était comme les autres : dans sa rage de vivre, elle fonçait et ouvrait très grand la porte qu'on avait entrebâillée sur son avenir.

Elle allait être opérée une semaine plus tard. Pendant les quatre premiers jours, Geneviève Liénard se cramponna vaillamment à mon diagnostic mensonger et fut une malade sereine, exemplaire. Elle avait entrepris de construire une maison de poupée pour sa plus jeune fille. Le matin, lorsque j'entrais dans sa chambre, je la trouvais affairée, mégot coincé au coin de la bouche, cheveux retenus par un maigre chignon sur le haut de la tête.

« Depuis que je suis ici j'ai cessé d'être coquette, docteur. De moins en moins une femme, de plus en plus une mère. »

Elle ne s'entendait plus avec son mari. Quinze ans de vie commune. Mais elle refusait le divorce à cause des enfants. Elle avait eu un amant, un échec. Et un complexe de culpabilité. Toujours à cause des enfants, qu'elle adorait. La petite avait neuf ans, l'aîné treize.

Elle me lâchait ces confidences entre deux rires un peu forcés, qui commençaient haut et descendaient par bonds rapides jusqu'à une région très suave. C'était sa façon de me dire : admirez-moi, docteur, je tiens le coup.

Le cinquième jour, quand j'entrai dans sa chambre, elle était couchée, étrangement figée, visage cireux. Elle me demanda de cesser ce jeu monstrueux : elle savait. Elle avait eu la veille au soir une conversation avec mon interne. Elle ne voulait rien ajouter.

Lorsque je réussis à le joindre, je crus que j'allais gifler Chabret. Il hurlait qu'il ne comprenait pas ma réaction; que j'avais vingt ans de retard dans ma psychologie des malades; que Liénard était une intellectuelle, une femme évoluée, estimable, et qu'il était absurde de lui cacher la vérité : elle saurait l'assumer.

Elle n'a pas su. Et pourtant l'intervention était une réussite. Le chirurgien avait simplement enlevé le lobe du poumon atteint car les ganglions, miraculeusement, n'étaient pas envahis. C'était donc au moment même où je reprenais espoir pour sa survie — je ne comptais plus en mois mais en années — que Geneviève Liénard flanchait. Nous étions si parfaitement en porte à faux que tout dialogue entre nous devenait impossible. Dépassée par cet absurde combat, j'obtins du professeur Rivemale qu'il prît Geneviève Liénard dans son propre service. Il consentit même à faire son numéro, le meilleur : celui du grand patron sans illusion sur la médecine et ses impondérables mais qui croit entièrement à la volonté de guérison du malade. Lui qui ne va jamais au cinéma, il parla à Liénard de l'acteur John Wayne, opéré d'un cancer broncho-pulmonaire il y a plus de dix ans et qui continue de tourner des films.

Mais c'est son cancer et non pas la mort que refuse Geneviève Liénard. Son cancer elle le hait, même quand on lui affirme qu'il était parfaitement circonscrit et qu'il a été entièrement extirpé; même lorsqu'on lui promet une guérison totale. Aujourd'hui elle pèse trente-cinq kilos, refuse de s'alimenter et de recevoir la visite de son mari et de ses enfants. Moi-même, je ne suis plus allée la voir depuis son opération. Et voilà qu'elle me réclame.

« Oui, Chabret. »

Je suis debout pour ouvrir la porte contre laquelle on tambourine et ma vision est nette, mon cœur marche sans raté, mes jambes me paraissent à la fois souples et solides. Bravo Gaillant, tu as plus de défense que tu ne le pensais.

Ce n'est pas Chabret mais Jolivet, mon vieil externe. Il pousse vers moi son pâle visage exténué et le reste suit : un long corps sans épaisseur au dos déjà voûté.

« Le service de M. Fournel est archi-complet, dit-il. Je n'ai pas téléphoné, j'y suis allé.

— Avez-vous insisté ?

— Oui. Ils mettront un lit dans le couloir demain matin pour Etiévant.

— D'ici demain, transférez-le au rez-de-chaussée, chez Rivemale.

— Mais pourquoi, madame ?

— Jolivet, dans deux ans vous serez sans doute médecin. Alors il est temps que vous appreniez à réfléchir. Etiévant a fait une tentative de suicide, il n'est pas brillant et menace de recommencer; ne lui en laissons pas la possibilité. Ici, il peut se défenestrer et tomber de deux étages. Venez. »

Sans capote, je traverse la cour et file vers le pavillon Leriche pour aller voir Geneviève Liénard. Aucun nuage ne vient briser le ciel mais un petit vent sournois glace l'air chargé, là encore, de sales odeurs : celle de la bouffe monstrueuse des cuisines et dont on ne saura jamais pourquoi elle devient de moins en moins appétissante, et celle, inévitable, des antiseptiques. Dans un couloir je rencontre mon patron, le professeur Jean Rivemale. Il est massif, sanguin, avec un visage lunaire aux yeux d'un gris laiteux.

« Chère madame, s'écrie-t-il de sa voix tonitruante en emprisonnant ma main dans ses deux grosses pattes curieusement douces. On m'a dit que vous étiez très fatiguée et que vous ne preniez pas le temps de vous reposer. »

On a dû lui dire tout autre chose; que je commençais mes consultations de plus en plus tard; que j'étais trop nerveuse, peut-être même injuste envers Chabret; que, mon dernier dimanche de garde, je l'ai passé chez moi parce que j'avais oublié de me réveiller et que je me suis contentée de téléphoner aux internes du service pour savoir s'il y avait un problème avec les malades.

« De quand date votre accident pulmonaire ? »

Ma tuberculose, il s'en fout. Je l'ai fait soigner dans son service et Rivemale m'a donné royalement deux mois de congé. Les femmes enceintes sont plus gâtées.

« Quatre ans, dis-je.

— Et depuis, rien ? Vous faites pratiquer régulièrement vos radios de contrôle ?

— Oh ! vous savez comment vont les choses quand on est médecin... »

Non, il ne sait pas. Il n'est jamais malade, jamais fatigué, jamais débordé. Les vacances sont son cauchemar; il les passe dans le Midi pour faire plaisir à ses enfants, mais il ne sort pas de son bureau climatisé aux volets clos. Un bûcheur débonnaire. Un bûcheur sans génie, qui m'accepte mais que je déroute. Il m'a connue il y a quinze ans, quand j'étais l'élève du professeur André Delattre. Je travaillais alors à un rythme exténuant. « Elle en veut, disaient mes collègues, elle nous coiffera tous au poteau. » Comme les autres, Rivemale devait penser que j'espérais succéder à Delattre qui avait alors cinquante-cinq ans.

Ils se trompaient. Je n'étais qu'une adolescente attardée, amoureuse de son patron, le professeur André Delattre, ce médecin prodigieusement intelligent, ce caractère entier, difficilement supportable. Ce personnage admiré, contesté, détesté mais fascinant. Je ne travaillais, je ne me battais que pour susciter un regard complice ou un mot amical. Mais le plus souvent je n'obtenais de mon patron qu'une réplique cinglante. J'avais épousé mon mari par raison, mais j'étais entrée dans le service de Delattre par amour. Une passion strictement platonique qui avait duré onze ans. La mort de mon patron avait été celle de mes ambitions. Personne n'avait compris, et surtout pas Rivemale, le successeur de Delattre.

« Vous toussez, mon petit ? »

Il aime assez prendre ce ton paternel. Cigarette entre deux doigts, je lève la main qu'il m'a laissée.

« Je tousse, oui. Mais c'est la gitane. Plus de trente par jour.

— Vous avez essayé d'arrêter ?

— Non. Si je cessais de fumer, je deviendrais odieuse. Je le suis déjà, on a dû vous le dire. »

Il sourit. Dents splendides, inattendues dans ce visage ingrat.

« Vous savez très bien, chère madame, qu'on ne me dit rien. Ou plutôt, quand il arrive qu'on cherche à me dire certaines choses, j'ai une étrange tendance à ne pas entendre. »

Menteur. Et il a une mémoire d'éléphant. Il n'a jamais oublié, par exemple, le mot de Delattre qu'un assistant a eu la bêtise de lui rapporter : « Rivemale doit faire l'amour comme il fait ses diagnostics : les yeux fermés. »

« Je vais voir Mme Liénard, dis-je; elle le souhaite. Ça m'ennuie. »

Il murmure je vous comprends en pensant visiblement à autre chose. Geneviève Liénard ne l'intéresse plus. Pis : elle l'agace. Un « cancer secondaire du poumon » dont l'intervention a parfaitement réussi et qui a le mauvais goût de s'incruster dans son service pour troubles psychiques, c'est pour lui inadmissible. Quand il lui arrive de préciser sa pensée, il parle « d'emmerdeuse qui s'ingénie à fausser les statistiques de guérison ».

Rivemale me lâche la main, laisse errer son regard sur mon visage avec une attention ennuyée, et me la reprend brusquement.

« Vous avez besoin de vous reposer, madame. Pourquoi ne pas vous aérer pendant quelques jours ? Vous avez une maison de campagne, je crois.

— Je vous promets de vous rappeler ça. Dès que j'aurai organisé mon remplacement, je vous le rappellerai. »

Il sourit à nouveau. Sa générosité lui fait plaisir, du moins pour l'instant. Il espère bien que je n'aurai pas l'audace d'en profiter. Il se trompe. Je partirai avec Daniel à qui j'ai dit la nuit dernière que c'était impossible, idiote. Huit jours dans le Midi. J'ai besoin de voir la mer, le soleil, des paysages blonds. J'ai besoin de contempler des visages épanouis, bêtement sains.

Celui de Geneviève Liénard est effrayant. En deux semaines il s'est amenuisé au point de m'apparaître autre, étranger. Elle dort. Je décide de ne pas la réveiller quand la porte s'ouvre derrière moi : Jolivet, encore lui, essoufflé et en sueur — il pourrait faire une étonnante carrière de coureur.

« Une urgence, madame. La vieille Guérin est en collapsus et Chabret dépassé. »

Pour la première fois le timide Jolivet n'hésite pas à me faire savoir qu'il n'aime pas Chabret. Nous nous engouffrons dans le couloir et j'essaie de suivre mon externe sans trahir mon essoufflement.

« Pourquoi dépassé, Jolivet ? »

Il hausse ses maigres épaules et ralentit pour accorder son pas au mien.

« En fin de compte Chabret a des nerfs de fille, madame, vous le savez aussi bien que moi. Je crois qu'il a fait une connerie, il a trop attendu pour appeler le service de réanimation, mais il ne l'avouera jamais. Puant de vanité. »

Nous pénétrons dans le cirque qu'est devenue ma salle des femmes.

« Docteur, sauvez-la », supplie une vieille malade pleurnichante qui, de son lit, m'accroche par le bras. Je repousse doucement sa main et me faufile entre deux infirmières pour apercevoir Mme Guérin étendue à même le sol, au milieu d'une allée. Visage blême, Chabret lui fait du bouche-à-bouche tandis que Tarquin lui masse le cœur.

« On n'a pas encore réussi à lui passer la perfusion », me dit Varèse qui aide les infirmières à trouver une veine possible sur le corps décharné de la vieille Guérin.

Quatre-vingts ans, plus une dent mais une intelligence intacte, cette mémé adorable, la chouchoute de la salle.

J'écarte Tarquin pour prendre sa place et me voici massant énergiquement un cœur qui se refuse à continuer de battre. En moins d'une minute je suis épuisée et me mets à crier : Que fait le service de réanimation ? Un bon point pour Chabret : il continue, imperturbable, son bouche-à-bouche.

« Je l'ai, glapit une infirmière qui a enfin trouvé une veine. Allez-y la perfusion. »

Varèse est penchée sur moi qui suis penchée

sur la mémé; elle essuie avec une compresse mon visage ruisselant.

« Je prends votre place, madame ? »

Ma fatigue entre en conflit avec mon orgueil le temps d'un boum sur la poitrine de la vieille Guérin, et c'est ma fatigue qui triomphe : je passe le flambeau à Varèse. Au moment où je me relève, les réanimateurs surgissent avec leurs appareils.

« Ecartez-vous, écartez-vous, nom de Dieu, vous n'êtes pas au cinéma », hurle une infirmière aux trois malades qui ont osé quitter leur lit pour venir assister au spectacle.

Les autres restent figés et silencieuses.

En quelques secondes les appareils sont mis en place pour l'intubation. Chabret vient me rejoindre, aussi pâle qu'on peut l'être.

« J'aurais tellement voulu... Vous croyez qu'elle va s'en sortir ?

— Non. »

Je me détourne un instant du petit appareil qui déroule l'électrocardiogramme désespérément plat de la mémé pour sourire à Chabret.

« Vous avez fait l'essentiel, mon vieux.

— L'essentiel, oui. Mais je n'ai pas été assez rapide, je m'en veux. »

Pourquoi me paraît-il tout à coup presque humain ? Pourquoi irais-je croire qu'il peut être mon ami ? J'ai soudain envie de faire la paix avec Chabret; que tout soit simple entre nous, spontané, follement libre.

« Vous avez été très bien, mon vieux. C'est foutu mais vous n'y pouvez rien. Pensez à autre chose. Comment va votre fils ?

— Parfaitement, madame. »

Son ton guindé, son regard fuyant, il ne les lâchera donc jamais ?

« Quel âge a-t-il ?

— Quatre ans. L'année prochaine je le ferai psychanalyser.

— Non, Chabret, vous exagérez. Presque un bébé.

— Pas du tout, madame. C'est exactement à cet âge-là qu'il faut commencer. »

Une réplique lancée comme un couteau et je retombe dans mon agacement. Il n'y aura jamais ni amitié ni folle liberté entre Chabret et moi.

L'un des réanimateurs m'interroge du regard : on continue ? L'électrocardiogramme est toujours aussi plat et la mémé Guérin n'a plus aucune chance de survivre. Néanmoins, lorsque je donne le signal d'arrêter la réanimation, j'éprouve une curieuse sensation d'écœurement dans la poitrine.

JE n'aime pas l'avenue Silvestre-de-Sacy. Je n'aime pas la tour Eiffel qui me saute aux yeux dès que j'ouvre les volets de mon bureau. Je déteste l'appartement où je vis, ses meubles lourds, ses couloirs compliqués, son aspect vieillot, gourmé. Mais il plaît à Gérard mon mari. Je lui dois en tout cas d'avoir depuis dix ans ma propre chambre, près de celle de ma mère qui a son entrée indépendante.

Cette femme qui a mal vieilli vit avec nous depuis la mort de mon père. Gérard l'a voulu et je me demande encore si je dois lui en être reconnaissante. Ma mère eût été plus heureuse chez mon frère, qu'elle m'a toujours préféré. Mais mon mari tenait à sa présence qu'il croyait tout à fait susceptible de neutraliser ma « néfaste influence sur les enfants ».

Ce raisonnement manquait d'ampleur, il a dû très vite le constater. Ma mère est une femme de devoir, aux idées bien arrêtées. Arrêtées depuis cinquante ans, ce qui ne laisse pas d'être effrayant, même pour Gérard. Mais mes enfants ne se sont jamais laissé effrayer. Simplement, leur grand-mère les agace, et tout naturellement — parfois insolemment — ils le lui disent. C'est un échec si manifeste que Gérard cherche, sans jamais le trouver, un prétexte décent pour se débarrasser de cette vieille femme de soixante-douze ans au visage étonnamment préservé, pommettes accusées, bouche tendre, mais au corps ruiné, presque impotent.

Ils ne m'ont pas attendue pour commencer à déjeuner. Ils ne m'attendent jamais. Je fais le tour de la table en posant ma main sur l'épaule de ma mère, puis sur celle de mon mari, enfin sur celle des enfants : une vieille coutume de salle de garde qui enchantait Gérard au début de notre mariage; aujourd'hui elle l'ennuie. Mais ma fille et mon fils y tiennent énormément.

« Je prendrai le repas en marche, Françoise. Pas de hors-d'œuvre. »

Massive et blondasse, la cuisinière rougit sous sa rougeur constante d'hypertendue : je suis la seule, ici, à l'appeler par son véritable prénom, Françoise, qui est aussi le mien; ce que ne supporte pas ma mère, horrifiée d'avoir une fille que l'on puisse confondre avec « ces gens-là ». En bref, Françoise la cuisinière est devenue Fanny pour tout le monde sauf pour moi.

« Tu n'as pas bonne mine, marmonne ma mère, après m'avoir jeté un soupçonneux regard. Tu devrais faire attention. »

C'est une façon de me dire : tu n'as pas couché ici la nuit dernière, tu pourrais tout de même t'astreindre à un effort; rentrer à six heures du matin, par exemple, comme le fait ton mari, avant que les enfants ne se lèvent.

Soutenant son regard, j'essaie de lui faire comprendre que je m'en fous.

Entre deux bouchées de viande péniblement mastiquées, je tends mon verre à Gérard pour qu'il y verse du vin. Sa main hésite. Il a sans doute peur que je reprenne goût à l'alcool : les quelques esclandres que je lui ai imposés à l'époque où je m'enivrais ont été son enfer.

« Allez, Gérard, je n'en boirai qu'un verre. »

Il coince un sourire sur sa bouche étroite, mais les yeux ne suivent pas. Plus je regarde le visage de mon mari, plus il me déplaît : asymétrique, avec des yeux ronds trop rapprochés, brimant le départ d'un nez interminable et effilé. Là-dessous, perdue, insolite, une petite bouche de bébé bêtement jolie. Lorsque ma fille Elisabeth qui ressemble un peu à son père — avec un nez beaucoup moins provocant — me demande : Mais pourquoi l'as-tu épousé ? Tu étais aveugle ? Je réponds avec mauvaise foi : A cette époque-là il n'était pas chauve.

Depuis qu'elle sait se maquiller les yeux et qu'elle a trouvé une coiffure astucieuse, Elisabeth est presque belle, Dieu merci. A quatorze ans elle pleurnichait qu'elle se trouvait irrémédiablement laide. Son complexe s'est aujourd'hui transformé en agressivité contre son père qui a eu le mauvais goût de lui transmettre ses yeux et les cheveux blond-roux qu'il a perdus.

Elle se lève dans un blue-jean très ajusté pour aller répondre au téléphone. Le corps est en tout cas superbe.

« Reste tranquille, dit Gérard, c'est sûrement pour ta mère.

— Justement. Laisse-la souffler. Il faut qu'elle se détende. Elle travaille, elle. »

Il ne proteste pas : et moi ? Il l'a dit cent fois sans aucun succès. La profession de Gérard n'a jamais intéressé les enfants, ni moi. Il dirige, à Puteaux, une usine de boîtes de carton, une confortable entreprise dont les bénéfices augmentent régulièrement. Gérard est riche. Et plus encore avare.

L'appareil collé contre son oreille, Elisabeth me fait comprendre qu'il s'agit effectivement d'une de mes malades. Gérard se penche vers moi :

« Tu ne l'as peut-être pas remarqué, mais Elisabeth ne mange rien depuis quelque temps. Elle a dû perdre plusieurs kilos.

— Forcément. Je l'ai mise au régime.

— Et pourquoi s'il te plaît ?

— Parce qu'elle se trouvait trop grosse; c'était un peu vrai.

— Ça ne l'était pas du tout. Je sais, tu es médecin et je suis un imbécile, mais laisse-moi tout de même te dire qu'elle n'a que dix-huit ans.

— Bientôt dix-neuf. »

Il a un soupir bref et se tourne vers sa fille.

« C'est bientôt terminé, non ? Qu'est-ce qu'elle veut ?

— Elle me parle de sa merde, répond Elisabeth en plaquant sa main devant le pavillon du combiné. J'en suis à la couleur. »

La soupçonnant de bluffer pour ennuyer son père, je lui demande le nom de la malade.

« Mme Menesson. »

Elle ne bluffe pas. Menesson est une névropathe obsédée par son côlon. Julien, mon fils, encore un enfant, a lui-même eu droit à la description détaillée de ses ennuis.

« Raccroche tout de suite, proteste Gérard.

— Je t'en prie, dis-je. Tu devrais être habitué à mes malades. »

Il les connaît si bien que, depuis quelques années, il a renoncé à répondre au téléphone. La dernière fois qu'il a consenti à le faire, il s'est franchement mis en colère. « Non monsieur, je ne vous autorise pas à me parler de vos crachats, vous devriez avoir honte. » Il m'a tendu l'appareil en hurlant : « Je ne comprends pas comment tu peux faire un tel métier. »

Mais si, il le comprend très bien. Quand il m'a connue j'étais interne et mon travail à l'hôpital le fascinait. Je n'avais aucun point commun avec les petites gourdes qu'il avait fréquentées dans sa province et que ses parents voulaient lui faire épouser. Quand il parlait de moi à ses amis, il disait : une fille étonnante, elle est médecin. Aujourd'hui il gémit : une femme impossible, elle est médecin.

Elisabeth, qui a enfin raccroché, note soigneusement le rendez-vous sur un cahier et va s'asseoir sur le canapé près de la table basse et face à un Boudin mélancolique.

« Tu pourrais avoir le bon goût de rester avec nous », se plaint son père.

Elle ne répond pas, s'empare d'une revue médicale et entreprend de lire un article, cigarette allumée prolongeant une longue main admirable.

« Elisabeth, intervient ma mère, ton père t'a parlé. »

Julien, qui jusqu'à présent n'a rien dit et qui mange délicatement un yaourt à la crème, lance avec lassitude :

« Tu es chiante, Mammy. »

Il n'a même pas relevé la tête. Ses cheveux bruns gominés, étonnamment plaqués sur le crâne et sur les tempes, laissent éclater sa ronde figure éclaboussée de taches de son.

Julien, mon fils, a réussi à me surprendre. Non seulement il n'est jamais grossier, mais il s'interdit toute facilité. Son langage il le veut hors mode, comme son comportement. Il ne dit pas mon imper mais mon vêtement de pluie ou mon imperméable. Il ne va pas au cinoche mais au cinématographe. Les garçons de son âge, il ne les trouve pas vachement chouettes mais effrayants. Il a un besoin fou d'être protégé, aimé, « mais allez donc faire comprendre ça à mon père »; un besoin fou d'être entièrement pris en charge comme un enfant d'une époque révolue pour lequel la révolte ne serait pas bêtement quotidienne. Un enfant tout à fait innocent auquel il cherche désespérément à s'identifier. En fait, Julien souffre de vieillir depuis qu'il a l'âge de raison, « après on perd la grâce et c'est trop moche »

Je regarde mon mari, m'attendant à une violente protestation. Mais non. Un sourire ambigu caresse ses yeux ronds et sa bouche de bébé. Et je comprends soudain la signification de cette discrète jubilation : Julien vient de donner enfin à son père l'espoir qu'il peut ressembler aux garçons de sa génération, « ces imbéciles qui dépensent toute leur énergie à devenir plus vite que les autres de jeunes vieillards ». Car le fossé entre le père et le fils est si grand, que Gérard le réactionnaire aimerait mieux avoir un enfant pourvu d'une longue crinière et d'un esprit contestataire plutôt que ce doux garçon aux cheveux plaqués comme les jeunes premiers du cinéma muet et au comportement insaisissable. Du moins pourrait-il se dire qu'il partage le sort de presque tous les pères qu'il connaît et gémir avec eux sur cette triste génération. Mais comment se plaindre, sans se couvrir de ridicule, d'un adolescent qui s'applique farouchement à foncer à contre-courant de la jeunesse de son époque; qui n'est ni brillant dans ses études ni un cancre mais un gentil élève médiocre; qui passe ses loisirs à collectionner des souvenirs sur les années 20; qui ne fait jamais parler de lui hors de chez lui et ne fréquente aucun hippie ?

Julien est la plus amère déception de Gérard. Son fils, la seule personne de la famille avec laquelle il souhaitait avoir une vraie complicité, son fils lui échappe totalement.

Le visage de ma mère s'est empourpré mais elle ne bronche pas · elle espère que je vais le faire à sa place. Je n'ai pas envie d'intervenir. Trop lasse. Trop lâche, pourrait dire Gérard qui ne le dit pas mais hausse les épaules en aboyant vers moi :

« C'est ton fils. »

Julien relève enfin la tête avec un innocent sourire :

« Pardonne-moi, Mammy, je ne sais pas ce qui m'a pris. Ne t'inquiète pas, Maman.

— Elle devrait pourtant, proteste Gérard en gardant dans son œil la même jubilation. Ta grossièreté la laisse indifférente, soit. Mais est-ce que tu lui as montré ton dernier livret scolaire ? Est-ce que tu as osé ?

— Non, dit Julien. Pourquoi lui faire de la peine ? »

Le regard de Gérard me traque comme s'il s'agissait de me faire avouer un crime.

« Il n'a pas sa moyenne, susurre-t-il, en aucune matière. Il ne passera jamais en seconde, c'est couru d'avance. »

Je vais m'occuper de lui, dis-je. Il va faire des progrès considérables.

Gérard a un regard étonné, un rire bref :

« Vraiment ? Tu sacrifierais ton temps précieux pour lui donner des leçons ? Tu irais jusque-là ?

— Je lui ferai donner des leçons. Je les lui *offrirai.* »

Depuis que mon mari m'a suppliée il y a quelque dix ans de renoncer à ma profession pour devenir une femme au foyer, depuis que j'ai refusé cette absurde proposition, nous ne faisons pas seulement chambre à part mais bourse à part. Et je suis dépensière bêtement. Et je gagne beaucoup moins d'argent que Gérard. Et j'ai souvent des fins de mois acrobatiques; tout le monde, ici, le sait.

« Je m'inscris pour lui donner des leçons de français et d'anglais, intervient Elisabeth. Inutile que tu claques un fric fou, Maman.

— Ne te mêle pas de ça, lance Gérard. Continue de lire tes petites revues mais reste dans ton coin. »

Ma mère se tasse un peu plus sur sa chaise, comme supprimée par cette conversation. Dès qu'elle le verra, elle se plaindra à mon frère. Elle lui dira que nous l'affolons, moi surtout qui ne suis ni une bonne épouse ni une bonne mère. Alors qui suis-je ? Pour l'instant, une femme harassée qui a besoin de dormir.

« Pas de café pour moi, dis-je à la cuisinière. Je ferai la sieste. »

Elisabeth me montre mon cahier de rendez-vous :

« Ton premier malade arrive à trois heures et demie.

— Alors qu'on me réveille à cette heure-là. »

Ma fille me jette un regard suppliant :

« Deux mots à te dire, Maman. »

Julien a déjà quitté la table. J'aide ma mère à se lever, je lui tends sa canne, je lui souris en essayant de mettre une vraie tendresse dans ce sourire qui aussitôt se fige : j'ai vu, dans l'œil pâle de la vieille femme, s'allumer brièvement et mourir une férocité incroyable.

« Viens dans ma chambre », dis-je à Elisabeth.

Elle parle à une vitesse étourdissante, sans reprendre son souffle, comme si elle craignait d'être interrompue définitivement. Elle me dit qu'il est débile, mesquin, odieux; qu'aucune femme ne l'intéresse si ce n'est sa fichue secrétaire, si si Maman je les ai vus ensemble, je ne me trompe pas en affirmant qu'il te trompe. Elle me dit qu'elle le déteste, qu'elle ne s'habituera jamais à ses manies, à sa laideur, à son esprit guindé et buté.

Il c'est évidemment son père. Et je suis navrée. Dès que j'essaie de réduire cette totale hostilité, je ne fais qu'attiser la colère d'Elisabeth.

Elle me dit que, hier soir, Gérard est entré dans sa chambre; sur la table de chevet, il a vu une plaque de pilules contraceptives. Interrogée, Elisabeth n'a pas nié : oui, elle les prend depuis plus d'un an avec une ordonnance délivrée par moi. Oui, elle a un amant qui n'est pas le même aujourd'hui qu'il y a six mois. Non, elle n'a pas honte. Oui, elle continuera, même s'il le lui interdit, même s'il crie.

Il n'a pas crié, exigeant simplement le nom du

« sale petit bonhomme ». Mon professeur de physique et chimie, a répondu ma fille.

« Et c'est comme ça que tu passes les quatre heures par semaine de leçons particulières que je t'offre ? » dis-je étonnée mais sans avoir le courage de le lui reprocher franchement.

Pourtant c'est trop bête. Elisabeth a commencé en novembre dernier ses études de médecine pour lesquelles elle n'est pas douée. Elle trébuche carrément en physique et en chimie. J'ai tenté de la décourager, mais parce que Gérard s'opposait à ce choix elle a décidé de continuer.

Son père, toujours. Elle prétend qu'il a lancé : Jamais je ne t'autoriserai à épouser un juif. Et un sale petit con qui te ressemblerait ? a répliqué Elisabeth.

« Rien que pour ça, se révolte-t-elle, je suis capable de quitter la maison et d'épouser ce petit prof que je n'aime pas. Je travaillerai, je gagnerai ma vie. Tu ne dis rien, Maman ? Ça t'ennuie ? »

Je fais oui de la tête avec une irrépressible envie de dormir.

« Ton père, Elisabeth, c'est ton père. Si tu ne lui manifestais pas ce mépris agressif, il serait peut-être plus agréable, plus souple. Quand je l'ai connu...

— Ne me dis pas qu'il était intelligent. Ne me dis pas qu'il était beau. Ne me dis pas qu'il n'était pas le roi des emmerdeurs. Franchement, on n'a pas le droit d'épouser un type pareil. Mais pourquoi, pourquoi ? »

Elle m'a posé si souvent la question que j'ai fini par lui dire la vérité. J'ai épousé Gérard parce que j'étais enceinte, avec deux avortements derrière moi. Ça suffisait et j'avais la frousse. Je me sentais lasse, écœurée. Gérard était alors un jeune homme timide, qui me paraissait doux et reposant.

« Pourquoi ne pas divorcer toi et lui ? propose Elisabeth. Ce serait plus sain pour tout le monde.

— Pas pour ton frère. Julien n'a que quinze ans. Si nous divorcions, il serait confié à ton père.

— Pourquoi ?

— Tu le sais. »

J'ai eu plusieurs amants depuis mon mariage; Elisabeth n'a presque jamais été dupe. Gérard ? Pas un reproche, pas un mot. Sa peur des conséquences : il est catholique pratiquant et ne supporterait pas un divorce.

« Tu crèves de sommeil, Maman. Tes paupières se ferment. »

Une main sur la poignée de la porte, Elisabeth se retourne :

« A propos, j'ai dit ce matin à Julien que tu avais été appelée dans la nuit pour une urgence. On ne sait jamais avec lui. Une foutue sensibilité, ce gosse. »

Dois-je dire merci ? Je suis une mauvaise mère, mais je pourrais être une mauvaise mère polie.

Elisabeth est partie et je laisse tomber mes paupières, mais le sommeil ne vient pas. Mauvaise conscience ? Je n'ai jamais accordé à l'éducation de mes enfants l'importance qu'elle mérite sans doute. J'ai laissé faire, leur donnant ma tendresse entre deux portes, acceptant que Gérard ou ma mère organisât leur vie, intervenant brièvement s'il y avait un problème, ne cherchant pas vraiment à freiner la haine d'Elisabeth pour son père ni le mépris de Julien pour sa grand-mère.

Un monstre, pourrait dire ma belle-sœur qui, j'en suis sûre, le pense. Elle est la femme de mon frère. Elle est Régine la cheftaine de gauche qui a renoncé au professorat dans un collège technique pour se consacrer à l'éducation de ses enfants. Elle écrit en secret un ouvrage édifiant, intitulé *Etre jeune aujourd'hui* ou *Les Problèmes de l'adolescence* ou *Comment comprendre votre enfant*, je ne sais plus. En tout cas, une mère parfaite. Ses enfants c'est sa vie. Et sa vie c'est quoi ? Récemment j'ai posé la question à Didier, l'aîné de mes neveux. Sa réponse m'a tout de même étonnée : « Sa vie ? Tiens, tu me fais rigoler. Parce que tu crois qu'elle a une vie ? Mais sa vie c'est du flan. Tu as vu sa gueule ? Tu as vu comment elle s'habille ? Déguisée en vieille peau, définitivement. Elle a cessé d'être une femme. Je me demande d'ailleurs si elle a jamais joui. » Le lui a-t-il demandé à elle ? Non, il n'oserait tout de même pas. Mais je croyais, ai-je dit, que vous étiez des amis. Il m'a regardée avec une sorte de gaieté goguenarde : « Tu me fais marcher, dis ? Elle est brave, je ne veux pas lui faire de peine, mais tu ne peux pas savoir à quel point elle passe à côté. Et quand je dis à côté... Nous sommes à des lieues, elle et moi. »

Soit, Régine la cheftaine se fourvoie, et d'une certaine manière c'est pour moi rassurant; j'ose à peine dire réjouissant. Mais est-ce une raison pour que je continue à me désintéresser aussi franchement de mes propres enfants ?

Elisabeth. J'essaie de penser à ma fille, à ce

que je pourrais faire pour elle. Et de façon brutale le sommeil me saisit.

A neuf heures du soir Daniel m'a arraché un rendez-vous. Prétexte : l'anniversaire de notre rencontre, une semaine. Je ne dirai pas c'est un enfant, Seigneur non. M'horripilent suffisamment les femmes de mon âge qui le clament à propos des hommes de notre âge.

Quarante-quatre ans. C'est celui de Daniel. Neuf jours de plus que moi. Et là non plus je ne dirai pas comme ces défaitistes qui prétendent que les hommes vieillissent moins vite que les femmes, qu'il est en fait plus jeune que moi. Son âge, Daniel le supporte mal mais il ne le fuit pas. Ce qu'il fuit c'est la jeunesse des autres dont il a une peur panique qui me semble parfois un peu trop affectée. Visage presque lisse sous des cheveux presque blancs, il a une beauté émouvante parce que précaire, au bord de la dégringolade. Bien plus que des amants nous sommes des complices : nous nous reconnaissons avec un étrange plaisir la même horreur de vieillir.

Il est venu m'attendre à ma porte dans sa vieille Ford qui sent la pomme parce qu'il en laisse en permanence dans son coffre pour tenter de neutraliser l'odeur des poissons qu'il ramène de ses parties de pêche.

Nous avons simplement traversé la Seine pour aller nous installer dans l'arrière-salle presque déserte de chez Francis. Depuis le déjeuner j'ai dormi une heure, vu six malades, écrit une douzaine de lettres à mes correspondants, préparé un cours pour mes étudiants, dîné d'une tasse de thé et de toasts, et répondu à une vingtaine d'appels téléphoniques. Daniel me demande ce que j'ai fait. Je réponds rien et j'attends son rire.

« Tu sais bien que ton sacré métier me passionne. Alors ? »

Je n'ose pas lui avouer que c'est son propre métier qui m'intéresse. Je n'ose pas parce qu'il m'a dit vingt fois qu'il le détestait. Il est directeur de production pour une firme de cinéma. Il participe à un ou deux films par an, jamais plus, et il s'arrange pour être libre de juin à octobre. Alors commence sa vraie vie, sur un voilier. Il est fou de mer, de pêche, d'histoires de pêcheurs et de navigateurs solitaires; ce qui m'ennuie, moi, prodigieusement. Et il faut que j'insiste pour qu'il consente à me lâcher deux mots sur son travail de cinéaste : « Un boulot de flic, de régisseur et de comptable, tout à la fois, pouah. » Il prétend que ce qui l'irrite par-dessus tout c'est d'être obligé d'avoir des contacts avec les acteurs : « des épiciers qui jouent aux Gugusses ». Mais les actrices ?

Je viens de poser la question et Daniel proteste que je le déçois.

« Pas même des putes, précise-t-il. Des mémères. Elles comptent leurs sous. Elles placent leurs sous.

— Pas toutes. Je suppose que les très jeunes...

— Connais pas. Jamais touchées. Il faut les fuir.

— Certaines sont superbes. Elles me fascinent.

— Comment une femme comme toi peut-elle s'intéresser à ces gourdes ?

— Parce qu'elles font rêver des millions d'hommes. Parce qu'elles sont mille fois plus séduisantes que moi. J'ai choisi d'être médecin parce que je n'avais pas la possibilité de devenir une Laureen Bacall ou une Elisabeth Taylor. Si je l'avais eue, je n'aurais pas hésité. Et ne me dis pas que je te déçois.

— Ce ne sont pas des femmes, dit-il. Elles ne pensent qu'à ça. Pas l'amour, leur carrière.

— Je me fous de ce qu'elles pensent. L'important c'est d'être aimée. Et elles le sont du monde entier. Quelle griserie.

— Oh ! mais non. Un triste cirque plutôt. »

Il me regarde drôlement. Ses yeux sont verts, comme les miens; étirés vers les tempes, comme les miens. Ma main est sur la table, occupée à briser en morceaux minuscules une allumette. Daniel la prend dans la sienne, qui est étroite, nerveuse.

« Nous sommes deux vieux cons », dit-il.

Je lui parle d'une possibilité de partir ensemble pour la Côte. Huit jours pleins à ne faire que des choses inutiles.

« Tu viens de t'engager, Françoise. Je supporterais très mal une défection. »

Je pense à Chabret, mon interne. Je l'imagine tapi dans un coin de la salle, écoutant notre conversation. Son rire. Ou plutôt sa pesante désapprobation. Son rapport, dès demain, à son psychiatre : Elle minaude avec une tête de pauvre idiote qui croit encore au bonheur. Elle flirte comme une dactylo avec un grand type qui ressemble à une gravure de mode des années cinquante. Elle joue les femmes douces, passives, compréhensives, et cet imbécile marche. Et pourquoi ne marcherait-il pas ? Presque tous les médecins de l'hôpital ont marché, même ceux avec lesquels elle n'a pas couché. Mais pas moi. Ah ! non, pas moi.

« Nous irons à Antibes, dit Daniel. C'est là qu'est mon bateau. Je veux que tu le voies. Tu m'écoutes ? Tu as l'air fatigué. »

J'ai sur le visage un demi-centimètre de fond de teint qui est en train de fondre sous la lumière crue. Et je n'ai pas assez dormi. Et j'ai trop fumé. Et demain, à l'hôpital, plus de douze malades défileront à ma consultation. Et Chabret me posera un nouveau problème. Et le mot fatigué m'exaspère. »

Je me lève dans un tailleur brun très simple qui a coûté une fortune. A partir de quarante ans, m'a dit ma fille, on n'a plus le droit de s'habiller n'importe comment.

« Je te raccompagne, dit Daniel. A pied, pour que ça dure plus longtemps. Je reviendrai chercher ma voiture. »

Il est très grand, quinze centimètres de plus que moi qui suis très grande. Il a des épaules puissantes et un sourire doux. J'ose lui dire qu'il est mon dernier amant, que je n'en veux plus d'autres. Oui Chabret, je suis une midinette.

DES urgences, la visite de mon patron dans le service et tout simplement un oubli volontaire m'ont empêché, plusieurs jours de suite, d'aller voir Geneviève Liénard. Ce matin je passe devant la porte de sa chambre et me voilà sans aucun prétexte pour ne pas entrer.

Les yeux ouverts, son visage paraît un peu moins effrayant que la dernière fois. Elle me sourit en murmurant je vous croyais fâchée, et tente de s'asseoir dans son lit. Une plainte rauque :

« Même pas ça. Je ne peux même plus faire ça. »

Je dois l'aider, ajouter un oreiller pour caler son dos.

« Vous refusez toujours de vous alimenter ? »

Elle soupire que non, ajoute que depuis deux jours elle essaie sans grand succès : ça ne passe pas.

Et nous n'avons plus rien à nous dire. Son cancer est entre nous; elle ne pense qu'à lui. Elle ne peut penser qu'à lui.

Je m'assieds près de la fenêtre entrouverte, effleurée par un rayon de soleil falot. Le regard de Geneviève Liénard ne me quitte pas.

« Que va-t-il m'arriver ? Vous le savez, docteur, ne me dites pas le contraire. Des cas comme le mien, vous en avez vu des centaines.

— Aucun malade ne ressemble à un autre malade. On ne peut jamais dire de façon formelle ce qui va arriver.

— Vous pouvez tout de même prévoir certaines choses. La souffrance, par exemple. Quand vais-je commencer à souffrir ? »

Et voilà, c'est parti. Et c'est absurde. Si je dis à Geneviève Liénard que je suis presque optimiste quant à son avenir — et depuis son opération, c'est exactement ce que je pense —, elle croira à un odieux mensonge parce que ce qu'elle attend c'est « la vérité ». Or depuis que Chabret lui a parlé, cette vérité-là ne peut être, pour Liénard, que désastreuse. Mais si je ne réponds pas, elle interprétera mon silence de façon délirante. Et Dieu sait jusqu'où peut aller le délire de cette sorte de malade. En fait, quand Liénard prétend exiger la vérité, c'est un mensonge extraordinaire que, profondément, elle espère. Un mensonge prodigieusement habile, que je pourrais peut-être lui offrir si elle était plus simple, si je n'avais pas affaire, comme dit Chabret, « à une femme estimable, évoluée, une intellectuelle ».

« On vous a opérée d'un cancer pulmonaire, soit. Mais c'était un primitif et non un secondaire. »

Premier mensonge. J'espère que Chabret ne lui a quand même pas dit *toute* la vérité.

« Je sais. Mais dois-je m'en réjouir ? »

Et il y a un espoir si effrayant dans sa voix, dans ses larges yeux ivres d'angoisse, que j'en suis atterrée.

« Bien sûr. Vous vous trouvez dans les meilleures conditions possibles pour une guérison définitive. Puisque vous écoutez la radio, puisque vous lisez les journaux, les chiffres que je vais citer ne peuvent pas vous paraître truqués; ils sont le fruit de statistiques sérieuses : actuellement, quarante pour cent des cancers peuvent être guéris définitivement. »

Elle se redresse un peu plus et me lance la flèche sombre de son regard.

« C'est faux, dit-elle doucement.

— Ah ! non.

— C'est faux, répète-t-elle avec la même suavité. Les quarante pour cent, c'est pour l'ensemble des cancers. Mais dans ceux des bronches et des poumons — et dans les meilleurs cas — il n'y a que quinze pour cent de chances de survie. Ne protestez pas, je tiens cela de source sûre : je l'ai lu dans une revue médicale. Une revue professionnelle.

— Où est-elle ?

— Vous ne la trouverez pas ici, docteur. Mon frère est médecin à Nice. C'est chez lui, l'été dernier, que j'ai lu par hasard cette revue. Les chiffres m'avaient frappée...

— Mais votre mémoire vous joue des tours : les chiffres que vous croyez vous rappeler sont faux.

— Ma mémoire est exceptionnelle, docteur, c'est elle qui m'a permis de faire des études supérieures et de devenir ingénieur. Non, ne comptez pas sur cela pour me faire gober de nouveaux mensonges. »

Et voilà, je suis coupable. Parce que j'essaie à tout prix de lui donner l'espoir que son orgueil n'ose pas quémander mais que son instinct réclame. Parce que ma tentative n'est pas convaincante; mon ton non plus, peut-être.

Je me lève, un pâle sourire plaqué sur mes lèvres sèches. Je me rapproche de la table de chevet : quelques journaux et deux livres, deux essais. Un sur la génétique, l'autre sur la cybernétique.

« Je vous prêterai des romans policiers, dis-je.

— Je n'en veux pas. J'ai besoin de lectures difficiles.

— Evidemment. »

Je ne peux m'empêcher d'être agacée par cette malheureuse femme qui cherche agressivement, et en la haïssant à l'avance, une vérité à la fois falote et déchirante. Pourquoi Rivemale ne l'a-t-il pas montrée à Fournel ? Elle est mûre pour être traitée.

« Avez-vous vu un psychiatre ?

— Non, c'est inutile.

— J'ai la certitude que c'est au contraire indispensable. »

Son visage se décompose, je le vois glisser doucement sur l'oreiller.

« Docteur, je crois que je commence à souffrir.

— Où avez-vous mal ? »

Elle dit là en posant une main sur sa poitrine. Je soulève le drap, j'examine Liénard. Je cherche l'endroit douloureux. Ici ? Non, plus bas, encore plus bas, elle ne sait plus.

Je lui demande de me décrire sa douleur. Une déchirure, dit-elle.

« Je vais prévenir M. Fournel. Il viendra vous voir dans la journée.

— C'est un psychiatre ?

— Le chef de service de neuropsychiatrie.

— Vous ne me croyez pas, docteur ? Quand je vous dis que je souffre, vous ne me croyez pas ? »

Elle a une toute petite voix enrouée : celle d'avant les larmes. Je recouvre Liénard, je borde son lit, j'arrange ses oreillers. Et les larmes viennent, brisant la tension.

« Ecoutez-moi. Ces quinze pour cent que vous me citez et que vous avez trouvés je ne sais où ne vous concernent pas. Ils ne sont calculés que sur les cancers non opérables. »

J'attends une protestation, mais elle reste figée. Sait-elle que je mens et est-elle lasse de me le dire ? Peu importe, j'enchaîne en parlant très vite, sans lui laisser la possibilité de m'interrompre :

« Vous qui avez eu une intervention parfaitement réussie, vous entrez dans les quarante pour cent de guérison définitive, c'est une certitude. Alors je vous en prie, accrochez-vous à ces quarante pour cent. Jouez le jeu honnêtement et prenez toutes les chances. Programme : vous voyez M. Fournel, vous faites un effort pour manger, et vous sortez bientôt de cette sinistre petite chambre. Vous redevenez une femme normale, vous entendez ? Normale. Et vous retrouvez votre mari et vos enfants. »

Seigneur, ce petit discours sirupeux m'écœure. Essaie, Gaillant, essaie de te mettre un instant à la place de Liénard. Ça fait mal, hein ? Non, c'est beaucoup plus simple, Seigneur : je ne peux pas. Je suis comme la plupart des médecins : je ne peux pas. Manque d'imagination, peut-être ? Beaucoup plus sûrement : une frousse abominable.

Je vise la porte avec un honteux soulagement quand Liénard me rappelle.

« Docteur Gaillant. Docteur, je ne vous ai pas encore dit pourquoi je tenais à vous voir. »

J'ai fait volte-face sans pouvoir réprimer un soupir. Son œil brun essaie de se plisser comme pour un sourire.

« J'abuse de votre temps, docteur, j'en suis navrée, mais il faut que vous sachiez : vous aviez raison quand vous mentiez avant mon opération. Je ne suis pas assez forte pour assumer cette vérité-là, je m'en aperçois trop tard. »

Curieusement, j'ai envie de fuir. Que faut-il lui répondre ? Que cette vérité-là est insoutenable ? Que les risques que son cancer évolue et crée ailleurs des métastases doivent la laisser parfaitement sereine ?

« Cette vérité-là, vous saurez l'assumer. On vous aidera. M. Fournel vous aidera.

— Et vous ?

— Je serai là.

— En fin de compte, dit-elle quand je la quitte, vous pouvez m'apporter des romans policiers. »

J'ai le sentiment d'un carnage.

« Vous tombez mal, me dit la surveillante du service de Fournel. Tous ces messieurs sont dans la salle des consultations. Colloque. Mais si vous voulez entrer tout de même... »

La salle est petite, bourrée d'externes et d'internes : une trentaine. Sur la droite, Jacques Fournel et ses collaborateurs. Au centre, assis face à face, du bout des fesses, deux jeunes hommes aussi peu naturels que des acteurs débutants. L'un est en blouse blanche, très brun, le cheveu bouclé, le profil aigu, le menton frappé d'une fossette. Il interroge d'une voix pâle, qui déçoit. C'est Jean-Claude Véron, un interne de troisième année. L'autre, un malade, porte un peignoir à fleurs sur un pyjama à raies. Sourire figé sur une jolie figure aux pommettes hautes, au charme un peu mièvre, il répond aux questions d'une voix claironnante et dès qu'il se tait, tourne la tête vers son public comme s'il guettait des applaudissements.

Je me glisse derrière lui pour aller m'installer près de Monique Rosen, une collaboratrice de Fournel. C'est une grosse femme de trente-huit ans au visage doux et rassurant. Beaucoup de succès auprès de ses malades œdipiens. Elle reconnaît elle-même que « le transfert se fait avec une aisance écœurante ».

« Vous arrivez un peu tard, chuchote-t-elle. Un vrai cirque. Le malade de Véron est un gugusse. En quelques mots, voici son histoire : sa mère a eu un amant quand il avait onze ans. Il la hait. Son père, qu'il admirait et qui était sous-officier de carrière, a disparu quand il en avait treize. Délinquant peu de temps après. Centre de redressement puis liberté surveillée. Il essaie vaguement de travailler. Mais rechute. Vols de voitures, de bijoux, d'argent. Prison. Il en sort. Il a vingt-quatre ans. C'est un prêtre qui nous l'envoie.

— En somme, lui dit Véron, vous auriez aimé poursuivre vos études, mais cela n'a pas été possible pour des raisons matérielles.

— Ça c'est vrai. Ma mère voulait que je travaille, que je gagne ma bouffe.

— Mais vous n'aviez que quatorze ans et la loi...

— La loi, on s'en fout. Les mecs de mon quartier ont tous quitté l'école à douze ou treize ans.

— Que faisiez-vous de vos journées ?

— On traînait. On tuait le temps.

— Je croyais que vous cherchiez du travail ?

— Ça oui. Mais je n'en trouvais pas. Trop jeune pour l'usine. Et pour être coursier, il faut posséder un vélo. Ma mère voulait pas.

— C'est sans doute la raison pour laquelle vous avez volé un cyclomoteur dans un grand ensemble ?

— C'est trop bête. Je me suis tout de suite fait repérer.

— Qu'est-ce qui est bête : voler ou se faire prendre ? »

Le malade allume une cigarette et dit très vite :

« Voler, bien sûr. On ne m'a jamais donné ma chance.

— Et si on vous l'avait donnée, qu'auriez-vous fait ?

— J'aurais étudié pour devenir journaliste, ou docteur, comme vous.

— Comment ça marchait, pour vous, à l'école communale ?

— Très bien. Je n'étais pas dans les premiers, mais ça me plaisait d'étudier.

— Alors pourquoi n'avez-vous pas continué au lieu de traîner, comme vous dites, avec vos petits copains ? »

C'est Monique Rosen qui a posé la question. Le malade la regarde avec une sorte d'étonnement rigolard comme si elle avait dit là une bonne blague.

« Mais il fallait que je cherche du travail.

— Dans les bistrots. Vous aimez bien les bistrots ? »

Toujours Rosen. Sa voix claire, presque joyeuse.

« Oui, j'aime bien.

— Et les voitures ? Je suppose que vous adorez les voitures puisque vous en avez volé plusieurs.

— Oui, j'adore.

— Et l'argent ? Vous avez envie d'avoir beaucoup d'argent, n'est-ce pas ?

— Tout le monde a envie d'avoir beaucoup d'argent.

— Non, dit Rosen. Vous cherchiez peut-être du travail dans la journée. Mais vous saviez sans doute qu'il existe des cours du soir, gratuits. Pourquoi ne les avez-vous pas suivis puisque vous teniez tellement à reprendre vos études ?

— Je ne sais pas. J'étais trop jeune. J'étais trop malheureux.

— Ça suffit pour aujourd'hui, merci, intervient Fournel. Vous pouvez regagner votre chambre. »

Le malade a l'air déçu. Il se tortille sur son fauteuil et regarde ses mains. Une grosse chevalière en or barre son auriculaire. Véron se lève, l'invite à en faire autant, l'accompagne jusqu'à la porte et revient s'asseoir, face à Fournel. Quand il commence à parler, je sens Rosen qui s'agite à ma droite.

« Tout a commencé avec le traumatisme psychologique causé par la conduite de la mère. L'enfant de onze ans n'a pas supporté cette mère rejetante au profit d'un amant. Il a d'autant plus mal vécu cette trahison qu'il admirait son père et que cet homme humilié souffrait. Après la disparition du père, l'homéostasie familiale ayant été détériorée, le malade a recherché auprès de garçons plus âgés que lui l'autorité, l'amitié, la confiance et surtout l'image paternelle qu'il ne pouvait plus trouver dans son foyer. C'est ce qui explique qu'il se soit aussi facilement intégré à une bande de voyous. Mais il faut constater que ce malade est intelligent; s'il a commis des larcins c'est pour pouvoir sortir de sa condition et accéder par les seuls moyens qui étaient à sa portée à une couche supérieure de la société. »

Plusieurs mains se sont levées. Et c'est Bertrand Ricart, un chef de clinique assistant, qui prend la parole.

« Véron, mon vieux, je suis navré de balayer tes illusions, mais ton analyse est totalement inexacte. Ton petit jeune homme est un délinquant type qui n'a d'autre ambition que de se procurer de l'argent sans travailler. Seuls l'intéressent les signes extérieurs de richesse. L'épate. Même si nous lui donnions la possibilité de reprendre ses études, il en serait incapable. Quotient intellectuel médiocre. Soit, l'image maternelle l'a traumatisé, et plus encore la disparition du père. Il n'a pas vécu la double contrainte. Il a échappé à la situation de victime ayant un bourreau. Or, ce bourreau, il le cherche inconsciemment dans la punition. Et la punition, pour lui, c'est l'incarcération. Ce qui explique la façon stupide dont il commet ses délits. Chaque fois, tu l'as remarqué, chaque fois il s'est fait prendre. Pourquoi ? Parce que, inconsciemment, il le désirait. La prison représente pour lui à la fois le refuge et l'autorité. Dès qu'il est incarcéré, il se sent protégé. Il n'a pas d'autre ambition.

— Je n'en crois rien, proteste Véron. Son ambition c'est de s'insérer dans la société en reprenant ses études; il nous l'a dit plusieurs fois et j'ai la conviction qu'il est sincère.

— Mais c'est toi qui le lui as soufflé, lance Serge Rémusat, un interne du service. Tu lui posais des questions en lui dictant presque les réponses que tu souhaitais. »

Monique Rosen intervient de sa voix pimpante :

« Véron, mon cher, je suis tout à fait d'accord avec Ricart. Votre malade est victime du syndrome de carence d'autorité, et pour le pallier il est passé à la délinquance active. Il n'y a pas d'autre mystère quant à lui. Mais en ce qui vous concerne, c'est plus complexe. Votre attachement à ce malade, la passion insolite avec laquelle vous parlez de lui, votre aveuglement, m'amènent à vous poser brutalement cette question : ces relations-là, ne sont-elles pas les signes d'une homosexualité refoulée ? »

Véron est devenu blanc.

« Eh bien, c'est possible, admet-il. C'est tout à fait possible. »

Et il fait un effort pour sourire, l'air anéanti.

Mais Fournel s'est levé :

« Continuez sans moi. Je suis obligé de partir. »

Je le rejoins dans le couloir. Il a une maigreur distinguée, des yeux noirs admirables et des cheveux drus empiétant sur un front bref.

« Amusant, n'est-ce pas Françoise ?

— Très. Le pauvre Véron.

— Il n'a pas été brillant et je partage l'opinion de Mme Rosen. »

Je lui expose en quelques mots le cas de Geneviève Liénard, en omettant de parler du rôle de Chabret.

« Pourquoi lui a-t-on dit qu'elle avait un cancer ? C'est ridicule.

— Elle l'exigeait. C'était apparemment le genre femme forte : je suis ingénieur, je fais un métier d'homme, alors pas de baratin. Vous voyez ?

— Est-ce une raison ? Je me méfie de ces femmes-là.

— Pour tout vous avouer, il y a eu une fuite. Un petit malin a cru utile et intelligent de lui dire la vérité, enfin presque toute la vérité. »

Il soupire et m'offre une cigarette.

« J'ai essayé d'arrêter, dit-il. Je devenais enragé. J'ai eu un patron qui disait : mieux vaut crever d'avoir trop fumé que crever d'avoir envie de fumer. Il est mort encore plus bêtement, en se noyant dans une rivière. Bon. Votre cancer du poumon. Je n'aime pas ça. Je n'aime pas ça parce que votre malade a d'abord joué les grosses têtes. Dieu sait ce qu'elle va trouver pour essayer de justifier sa faiblesse.

— Vous la verrez ?

— Je n'ai rien à vous refuser, Françoise. »

Il a été mon amant il y a vingt ans. Il était passionné, exigeant, épuisant. Nous nous sommes assez mal quittés, lui, clamant que jamais plus il ne coucherait avec une femme médecin; moi, me promettant de fuir désormais les psychiatres. Quand nous nous sommes revus, neuf ans plus tard, nous avons renoncé au « tu » et aux souvenirs communs. Fournel, dit « Beau Jacquot », venait d'être nommé chef de service, et sa jeune femme, docteur en médecine. Nous avons ri et parlé de nos enfants respectifs. Il en a trois dont un garçon caractériel qui le laisse désarmé.

« Et si nous déjeunions ensemble un de ces jours ? propose-t-il avant de me quitter.

— Excellente idée. »

Nous savons l'un et l'autre que nous ne le souhaitons pas et que nous ne le ferons pas. Mais Fournel n'est pas mécontent d'y avoir pensé.

ELLE a quarante-deux ans, des cheveux jaunes mal teints, une denture consternante et une voix geignarde. Je la soigne depuis plusieurs années. Je ne sais plus au juste pourquoi je la soigne. Quand j'y réfléchis comme en ce moment où elle me parle de son mari, de la mauvaise volonté de son mari à faire l'amour avec elle, je me dis que ces visites bi-mensuelles à mon cabinet lui sont devenues indispensables : sa petite drogue, sa demi-heure de confessionnal. Au début il y a eu une histoire bronchique assez confuse. Examens et radiographies normaux. Ma thérapeutique n'a pas fait de miracle. Mais Mme Petitbond n'attend surtout pas de miracle. Ce qu'elle veut c'est pouvoir me parler de ses problèmes personnels. Régulièrement je lui propose de l'adresser à un psychiatre. Mais, comme la plupart des patients à qui je donne ce conseil, elle se révolte : je ne suis pas folle. La bêtise de mes malades ne m'amuse plus.

« Et maintenant il devient odieux, gémit-elle. Avant, il avait au moins la politesse de chercher une excuse, un prétexte à se tourner dans son coin et à ronfler. Hier il m'a dit j'ai plus envie. Comme ça, brutalement. C'est dur pour une femme, docteur. »

Et pour un homme ? Car eux aussi viennent se plaindre à moi de la frigidité de leurs épouses ou de leur mauvaise volonté.

« Quel âge a votre mari ?

— Quarante-cinq ans. »

Un certain étonnement dans son regard : elle a dû me dire plusieurs fois l'âge de son mari; de même qu'elle a dû ajouter, comme elle le fait maintenant : et il les porte bien, et il n'est pas beau, et c'est un ours qui une fois son dessert avalé se plante devant la télé et finit par s'endormir dans son fauteuil, poste allumé, et nous n'avons pas échangé trois phrases au cours du dîner, et quand il parle c'est pour m'expliquer sa fatigue, et quand il lui arrive de m'embrasser c'est avec des lèvres indifférentes et mouillées comme les enfants, il me rend folle.

Ça dure depuis vingt et un ans. Et elle a deux jumelles de vingt ans, mariées l'une et l'autre à dix-huit.

« Faut-il que je me résigne à devenir une vieille femme, docteur ? Une femme que son mari ne désire plus ? Je me sens encore jeune, très jeune. »

Je dis vous l'êtes en promenant un regard navré sur ses cheveux jaunes, sur son cou fripé, sur ses seins tristement posés sur son estomac.

« Vous n'avez jamais eu d'amant ?

— Oh ! docteur. »

Elle a rougi violemment, elle minaude en ouvrant et refermant son sac à main.

« Je n'oserai jamais.

— Est-ce qu'il ose, lui ? »

Elle murmure qu'elle préfère ne pas le savoir mais que si elle apprenait qu'une autre femme...

« Que feriez-vous ? »

Elle garde la bouche ouverte sur ses grandes dents mal plantées et laisse échapper un soupir honteux. Elle n'ose sans doute pas m'avouer qu'elle pleurnicherait comme elle l'a fait tout à l'heure, en chemise de nylon, gaine entortillée autour de ses grosses cuisses, tandis que je l'examinais.

« Je serais capable de le tuer », lâche-t-elle avec un regard bas.

Je ne l'autorise pas à m'en dire davantage : elle m'ennuie. Mon ordonnance est brève et Mme Petitbond déçue. J'ai le tort de lui révéler qu'elle va beaucoup mieux, qu'elle se porte même très bien.

« Mais je tousse toutes les nuits, docteur. »

Je me demande si le mari aura un jour le courage d'aller coucher dans un autre lit, dans une autre chambre.

« Le calmant habituel, dis-je. Je vous l'ai prescrit pour trois mois. »

Elle reviendra bien avant, nous n'en doutons pas; ni elle ni moi.

Je prends avec agacement le billet de cinq cents francs qu'elle me tend. Jouer à la caissière a toujours été pour moi une corvée. Au début de ma carrière, j'étais si embarrassée que je demandais de très petits honoraires afin de n'avoir pas à rendre la monnaie.

Pour trouver de l'argent, chez moi, il faut s'adresser à ma mère : c'est elle qui comptabilise toutes les dépenses de la maison. Quand j'entre dans sa chambre mal éclairée et surchauffée, j'aperçois deux tignasses grises et pauvres penchées l'une vers l'autre. Mais celle de mon frère ne s'achève pas, comme l'autre, en chignon sur la nuque : elle flotte sur les épaules.

Pierre-Henri se lève, interminable et filiforme dans son costume froissé, et vient à moi. Le front est à moitié dégarni, très large, à peine gêné par les deux moustaches épaisses que forment les sourcils au-dessus des yeux rapetissés et d'un bleu vague.

Je l'embrasse. Ou plutôt, je laisse Pierre-Henri coller brièvement sa joue mal rasée contre la mienne.

« Je bavardais avec Maman », dit-il.

Comme si je ne l'avais pas compris. Deux pipelettes. Dans ces cas-là, et parce qu'il s'agit de notre mère à qui il pardonne tout, y compris ses idées étroites, mon frère oublie pendant quelques instants qu'il est trotskiste et qu'il vomit la bourgeoisie catholique dont sa mère est une fervente représentante.

« Mais je suis venu pour te parler, ajoute-t-il. Très important. »

Je le fais attendre une demi-heure, le temps de recevoir mon dernier malade, puis :

« Le salon ou mon cabinet ?

— Ton cabinet.

— Assieds-toi à ma place, Pierre-Henri. J'aimerais savoir si les malades voient la poussière qui est sur mon bureau et sur ma lampe.

— Tu pourrais l'enlever.

— C'est ce que je fais d'habitude mais aujourd'hui je n'ai pas eu le temps. Assieds-toi, je te dis. Il faut tout de même préciser que la femme de chambre est payée pour ça.

— Payée, payée... Elles le sont si mal ces pauvres filles.

— Son salaire est supérieur à celui de mes infirmières. Bouge un peu la tête... Non, par là.

— Mais tes infirmières sont des gourdes. Si

elles voulaient se grouper du bon côté et déclencher une grève spectaculaire. Mais non. Ce sont ces idiotes-là qui font stagner le pays. »

Je regarde le plafond en murmurant au secours, mais Pierre-Henri est lancé :

« De toute façon, avoir une domestique en 1974, que dis-je, deux domestiques, c'est monstrueux.

— Je suis un monstre et il en faut, Dieu merci. Ton histoire, Pierre-Henri, vite.

— Trois choses. Primo : il va y avoir des élections dans notre campagne. Le maire est mort. On vote dans deux semaine. Barret se présente, un type très bien... »

« Notre campagne » c'est tout bêtement une petite ville du Val-de-Marne. Il y a dix ans, mon mari y a acheté, sur les conseils de Pierre-Henri, un grand machin délabré et mal retapé, baptisé manoir, où je ne vais presque jamais de peur d'y rencontrer ma belle-sœur qui joue à la cheftaine avec ses enfants et les amis de ses enfants dans la maison voisine.

« Il faut que tu votes, Françoise. L'élection se fera à quelques voix. Je compte sur toi.

— Et si je votais à droite ?

— Je n'en serais pas tellement surpris. Tu vis de plus en plus comme ces gens-là.

— Tu parles comme Maman. Mais pour elle, « ces gens-là », ce sont les domestiques et les juifs. Comment va ta femme ? »

Il rougit et dit très vite bien bien, ce n'est pas elle qui m'inquiète mais Josselyne. Tu te rappelles Josselyne Chanon ?

Une grosse fille blême. Des cheveux très courts, comme écrasés sur un visage lunaire. Une diction affectée, un rire crispant, des tendances homosexuelles honteusement refoulées. Une des premières élèves de Pierre-Henri quand il enseignait l'allemand dans une boîte privée tout en préparant son agrégation. Elle a suivi sa trace, elle a même été sa maîtresse au cours d'un été où je les ai rencontrés à Sainte-Maxime, Pierre-Henri à la fois exalté et inquiet parce qu'il avait la conviction de faire une révolution en trompant publiquement sa femme, Josselyne, tout aussi exaltée parce qu'elle avait enfin un amant. Six mois plus tard elle épousait un avocat et les idées politiques de son jeune mari inscrit au P.C. La brouille avec Pierre-Henri, qui déteste les communistes, dura deux ans. Aujourd'hui ils enseignent dans le même lycée et leurs enfants jouent au tennis ensemble.

« Elle se fait opérer demain, dit mon frère. Paniquée. Elle a peur d'avoir un cancer.

— Encore.

— Pourquoi encore ?

— Parce que je ne vois que ça : des femmes, des hommes qui ont peur d'avoir un cancer. Et je ne vois que ça : des femmes, des hommes qui ont un cancer. Ce ne sont presque jamais les mêmes. »

Il m'explique qu'elle a une boule dans le sein et que tous les médecins consultés ont dit que c'était anodin : un kyste qu'il faut tout de même enlever. Puis il reste un moment silencieux, bras croisés sur sa maigre poitrine. Il se prépare à me demander un service. Même s'il n'était pas mon frère, je saurais que c'est cela. Ils ont tous le même air, vaguement gêné, vaguement fanfaron, vaguement agressif, parce que bon sang je suis médecin et c'est presque un sacerdoce, non ? Je me dois en tout cas d'aider la famille et les amis, et même les copains des copains.

« Le mari, je suppose que tu connais Alain, le mari de Josselyne ? Il aimerait que tu téléphones demain au chirurgien qui va opérer sa femme. A toi, on dira la vérité.

— A lui aussi. Pas à Josselyne mais à lui.

— Taratata, vous êtes une vraie mafia. Vous nous prenez pour des peigne-culs auxquels on peut raconter n'importe quoi. »

Je suis l'ennemie. Non seulement parce que je vis dans un appartement dit bourgeois, avec un mari effectivement bourgeois, mais parce que j'appartiens professionnellement à un milieu qu'il connaît mal, qu'il méprise, qu'il n'a pas tort de traiter de réactionnaire et qui en fin de compte l'impressionne.

Je lui dis que, de toute façon, demain il sera encore trop tôt pour poser un diagnostic définitif. Pour avoir un résultat vraiment sérieux, il faudra attendre le compte rendu de l'examen anatomopathologique. Mais il ne m'écoute pas. Il est comme les autres, mes malades et les parents de mes malades : pressant, presque discourtois quand il s'agit d'exiger des explications, et le regard vague, l'esprit ailleurs dès que je les fournis. D'ailleurs, qui sait écouter aujourd'hui ? Les psychiatres sont payés pour. Mais je me demande si Fournel, par exemple, est capable d'écouter ses malades pendant huit heures d'affilée. J'ai toujours eu un doute.

« Où va-t-elle être opérée ?

— J'ai oublié le nom de la clinique mais j'ai celui du chirurgien : Docteur Georges Béraud. »

J'ouvre mon *Rosenwald* [1], j'y cherche Béraud

1. Le *Who's who* médical.

Georges. Ancien externe, thèse en 1961. Il a donc, comme moi, une quarantaine d'années.

« Il n'est même pas ancien interne », dis-je. Et aussitôt je regrette d'avoir lâché une telle ânerie, surtout devant mon frère. Déformation professionnelle, orgueil des grosses têtes, que je critique moi-même lorsqu'il s'agit d'autres agrégés et de patrons. Nous sommes fiers de nos titres, la belle affaire.

J'ai senti mes joues s'empourprer et je m'efforce en vain de gommer ma phrase.

« Et alors ? fait Pierre-Henri avec un sourire méprisant. Tu en es là ? Je ne te comprends pas, Françoise. »

Mais si, il me comprend en tout cas. Son titre d'agrégé l'a grisé pendant plusieurs années; le grise encore.

« Ce que, moi, je ne comprends pas c'est la clinique. Pourquoi pas l'hôpital ? Josselyne aurait-elle peur d'une certaine promiscuité ?

— La clinique est conventionnée et c'est là qu'opère Béraud qu'elle a choisi comme chirurgien, alors ne commence pas ton cirque, s'il te plaît. »

Il balaie d'un revers de main la fumée de ma cigarette, regard houleux, et s'agite sur sa chaise.

Nous nous sommes aimés lui et moi quand nous étions enfants. Nerfs fragiles, pleurnichard, excessif, souvent attendrissant, Pierre-Henri était mon protégé bien qu'il eût un an de plus que moi. De quand date la rupture ou plutôt le début de notre mésentente, de ce jeu singulier et irritant qui nous oppose chaque fois que nous nous rencontrons ? C'est sans doute ma liberté de mœurs qui a choqué Pierre-Henri. Un premier amant à dix-sept ans — et mon frère était mon seul confident. Un premier avortement à dix-huit — et Pierre-Henri tremblait de frousse et d'indignation. Est-il vrai, comme me l'a confié un jour ma belle-sœur, qu'il s'est marié vierge à vingt-trois ans ?

Il se lève dans son costume froissé, ressemblant avec ses cheveux pauvres et longs à un vieil amoureux de Peynet.

« Tu téléphoneras tout de même à Béraud ?

— Je téléphonerai tout de même.

— Je vais dire au revoir à Maman. »

Il va lui dire, en plus, que je suis toujours aussi cassante, que je vieillis mal, qu'il n'est pas possible de me demander un service. Et elle approuvera. Elle lui révélera sans doute que pendant trois ans je suis restée à peu près tranquille, mais que depuis quelques jours ça recommence : les sorties le soir et même toute la nuit. Un nouvel amant à son âge, c'est ridicule. Et il approuvera.

« Je croyais, dis-je, tandis qu'il m'embrasse, qu'il y avait une troisième chose ?

— Ah ! oui »

Il referme la porte, regard fuyant, et lâche qu'il s'agit de mon fils, de Julien qui va assez souvent chez son oncle parce que son cousin Fabrice a également quinze ans.

« En fouillant dans une malle, l'autre jour, ils ont trouvé de vieilles photographies, dit Pierre-Henri. Julien s'est emparé de celle de ton mariage et m'a demandé s'il pouvait la garder. Je l'ai interrogé : pourquoi cette photo ? Sa réponse m'a troublé : parce que là, ils ont l'air de s'aimer tous les deux et c'est bien la première fois que je vois ça.

— Et alors ?

— Alors ton fils n'est pas heureux.
— Qui est heureux, Pierre-Henri ? »
Il me regarde de bas en haut en essayant de me faire comprendre son mépris.
« Le bonheur de tes enfants ne t'intéresse pas, hein ? Tu t'en fous. Gérard s'en fout. Vous affichez votre haine l'un pour l'autre, vous vivez votre vie l'un sans l'autre et ce sont les gosses qui trinquent.
— Comment va ta femme, Pierre-Henri ?
— Françoise, ta vie privée ne me regarde pas...
— Mais si mais si, pourquoi pas ? »
Il ferme les veux comme si un soleil franc l'aveuglait.
« On ne peut pas discuter avec toi. »
Il a l'air de souffrir et je m'incruste dans cette sorte d'engourdissement froid qui irrite mon frère.
« Je pensais que tu comprendrais, insiste-t-il. Tu es tout de même médecin, tu est tout de même une mère.
— Je suis aussi une femme. »
Il pose sur moi un regard lent, perplexe, comme s'il en doutait.
« Je file, dit-il. N'oublie pas Béraud. »
Julien, Je finis par le trouver dans la salle de séjour devant le téléviseur, seul et mâchonnant.
« Ça t'intéresse tellement ? Qu'est-ce que c'est ?
— Une émission sur les Indiens. On a été ignoble avec ces gens-là.
— On a été ignoble avec d'autres.
— Les Noirs, par exemple, et ça continue, dit-il en crachant délicatement son chewing-gum dans son mouchoir. Tu veux quelque chose ?
— Te parler. Bavarder un moment avec toi.

— Me parler ? »

Lui aussi promène sur moi un regard lent et perplexe. Puis il se lève pour éteindre le poste.

« J'ai fait une bêtise ?

— Je ne pense pas. Assieds-toi. »

Il se laisse tomber à mes pieds, jambes en tailleur sur la moquette. Ma main caresse son casque de cheveux gominés. Je me sens intimidée et sotte.

« Qu'est-ce qui te ferait plaisir, Julien ?

— Une bonne raclée de temps en temps, dit-il très vite, si vite que je crois avoir mal entendu.

— Répète.

— Non. Tu ne comprendrais pas.

— Tu n'es pas heureux, Julien ?

— Je ne suis pas malheureux. Qu'est-ce que tu cherches, Maman ?

— Est-ce que tu as l'impression qu'une mère comme ta tante Régine, un père comme ton oncle Pierre-Henri... ?

— Non. »

Il laisse aller son buste en arrière et s'appuie sur les coudes en sifflotant.

« Ils t'ennuient, hein Maman ? A cause d'eux, tu t'offres un fameux complexe de culpabilité.

— Possible. »

Il rit et ses yeux disparaissent, fermés par la grosse joue enfantine que soulève ce rire un peu forcé.

« Raconte-moi, dit-il, ton enfance. »

Si je lui dis qu'il la connaît presque aussi bien que moi, il protestera que, tiens, c'est de cette façon-là que je cherche à le brimer. Mais il se lève, long, flexible, dans un merveilleux mouvement coulé, comme s'il ne faisait que celui-là depuis qu'il est né.

« Il faut que je te parle de Serge, Maman, un élève de ma classe. Son père est électricien, sa mère coiffeuse, et ils veulent vraiment que Serge entre à Centrale; *vraiment*, est-ce que tu comprends ? Ils ne pensent qu'à ça, ils ne vivent que pour ça. Ils sont fous de chagrin quand leur fils a une mauvaise note en mathématiques ou en physique. Ils le bouclent le dimanche, ils décident pour lui de ses loisirs, et ils ne sortent pas quand Serge doit travailler. Un bloc, une vraie famille.

— Et ils n'hésitent pas à punir Serge quand il se laisse aller. J'ai connu cela. Ton père, ton oncle ont connu cela. C'était une autre époque.

— Mais Serge a la chance de la vivre aujourd'hui cette époque-là. »

La chance ? Je regarde Julien. Il ne plaisante pas. Il est en train de m'expliquer doucement qu'il n'est pas heureux.

« En somme, dis-je, si je ne te punis pas, si je ne te harcèle pas, si je ne consacre pas un temps considérable à surveiller tes études, les leçons particulières que je vais t'offrir ne serviront à rien, n'est-ce pas ?

— J'en ai peur, Maman. Si j'étais sûr que mes succès scolaires te rendent vraiment heureuse... Si j'étais sûr que Papa fasse un effort pour me comprendre, pour me faire croire qu'il me ressemble un peu, au fond... Mais c'est cet « au fond » qui est puant. Au fond, il n'y a rien qu'une immense sécheresse. Pas même une illusion. »

Et il se laisse tomber de nouveau à mes pieds, son regard bleu levé vers moi et mendiant vaguement.

« Raconte, raconte.

— Quoi ?

— Ton enfance. »

Je proteste que ma mémoire est truquée, comme chez la plupart des gens de mon âge; que je pourrais lui dire qu'avoir eu dix ans pendant la guerre c'était une expérience extraordinaire. Mais en fait je ne le savais pas. La guerre s'était installée dans mon quotidien et je l'avais en quelque sorte apprivoisée.

« Ton père, dit Julien. Parle-moi de ton père. Est-ce qu'il était exigeant ? Est-ce qu'il ressemblait un peu au père de Serge ? »

Je dois lui avouer que j'ai très mal connu mon père. J'étais interne dans un collège et je ne le rencontrais que le dimanche et pendant les vacances scolaires. Un homme placide, qui exerçait la médecine avec gravité. La nuit, quand il était appelé auprès d'un malade, il enfilait une chemise blanche au col amidonné et prenait le temps de se raser. Il arrivait qu'il ne rentrât qu'à l'heure où je m'éveillais. Nous nous retrouvions dans la cuisine devant de grands bols à carreaux noirs et blancs. Il beurrait mes tartines et me permettait de les tremper dans mon café au lait, vite vite avant que ta mère n'arrive. Lui ne mangeait pas mais fumait de grosses cigarettes jaunes, visage fatigué avec de grands creux d'ombre au-dessous des yeux. De temps en temps il posait sa main sur ma tête, la laissait filer sur mes cheveux, sur mes épaules, et me disait mange mange, j'aime voir ma petite fille manger. Et je regardais son sourire si rare glisser sur des dents petites et jaunes comme ses cigarettes. Quand ma mère nous rejoignait, il reprenait son masque triste et paraissait soudain très vieux. Il se levait, immense dans son costume sombre, sans finir son café. Il allumait une autre cigarette et demandait simplement : il est prêt ? Il s'agissait de son bain, dans lequel il resterait une demi-heure avant d'enfiler une nouvelle chemise blanche au col amidonné pour entreprendre ce qu'il appelait sa tournée.

« Mais est-ce qu'il était exigeant ?

— Surtout pour lui-même. Quand j'étais à la maison, je ne le voyais qu'entre deux portes, mais il savait exactement ce que j'avais fait, les notes que j'avais eues en classe. Ma mère ne lui cachait rien. En fait, l'autorité c'était elle.

— Mammy ? s'étonne Julien. La vieille Mammy ?

— Elle était un peu plus indulgente avec ton oncle parce qu'il avait des crises d'asthme et le sanglot facile, mais elle ne me pardonnait rien. Elle disait qu'une femme dont le mari travaille énormément et qui élève à peu près seule deux enfants doit avoir une poigne de fer. Elle l'avait; j'en garde des souvenirs cuisants.

— Ne me dis pas qu'elle te frappait, chuchote Julien avec un pâle plaisir.

— Si. Avec un fouet. La dernière fois qu'elle l'a fait, j'avais dix-huit ans.

— Ce que c'est drôle. La vieille Mammy avec un fouet, comme une écuyère de cirque. La vieille Mammy frappant sa fille. Qu'est-ce que tu avais fait cette dernière fois ?

— Elle venait de découvrir que j'avais un amant.

— Etonnant, dit Julien. C'est comme si tu prenais un fouet pour frapper Elisabeth parce qu'elle couche avec son professeur de physique.

— Comment le sais-tu ?

— Parce qu'elle me l'a dit hélas ! Je ne voulais pas le savoir.

— Tu es choqué, Julien ?

— Oui. Parce qu'il n'y a pas de passion dans leur coucherie. C'est juste un amour médiocre, un amour à la petite semaine, bien organisé, qu'Elisabeth consent à offrir à son professeur entre deux portes, entre deux cours, entre deux copies à faire corriger. Un amour morne et tiède qui ne fera jamais éclater son cœur ah ! non. Son cœur continuera à faire toc toc bien sagement comme une brave montre suisse.

— Est-ce si grave ?

— Oui. Parce qu'Elisabeth restera dans le rang. Elle ne sera jamais soulevée par un amour fou, exigeant. Elle se laissera dévorer par la vie plate, exécrable. »

Je lui demande s'il se laisse, lui, dévorer par la vie plate et exécrable. Il sourit et lance un non fanfaron.

« Parce que, consent-il à expliquer, je ne suis pas encore entré dans le grand cirque des adultes et j'ai bien envie de ne jamais y entrer. Je suis encore très pur. »

Il hisse jusqu'à mon visage son visage soudain bouleversé et appuie ses lèvres contre ma joue.

« Tu aurais dû jouer le jeu avec moi, Maman. Le jeu de l'amour fou. Est-ce que tu dînes à la maison ce soir ? Parce que nous serons seuls. La cuisinière est allée voir sa mère malade, Papa et Elisabeth sont dans la nature, et Mammy dans sa chambre avec la migraine.

— Et si je t'emmenais au restaurant ? Une virée à Saint-Germain-des-Prés et ensuite...

— Non. Ce serait de la démagogie. Indigne de toi, et de moi. Ce que j'aimerais c'est que tu prépares un dîner pour nous deux. Un vrai dîner. Comme une vraie mère. »

Seigneur.

MIDI. J'ai sous les yeux une lettre de Daniel, reçue ce matin. Une lettre ? Non, un dessin maladroit : petit bateau brun et ivre sur une mer bleue. Quelques mots : « Nous partons dans deux semaines ? Oui : tu me le confirmes demain soir. Non : je coule. »

Quand j'ai ouvert ce pli, j'étais chez moi, dans le vestibule, et Julien m'observait. Je me suis senti rougir et j'ai fourré la lettre dans ma poche sans oser la lire. Je ne supporte pas le regard inquisiteur de mon fils. Julien m'a avoué, hier soir, au cours de notre long tête-à-tête, qu'il me trouvait froide, distante depuis quelque temps, et qu'il en souffrait. Raidie par l'agacement j'ai répliqué que j'étais très fatiguée. Il m'a regardée avec suspicion, laissant tomber un « comme tu mens mal, Maman » d'une voix qui avait d'un coup perdu la fraîcheur de l'enfance. Le silence qui s'est installé entre nous ne m'a pas apporté de sentiment de culpabilité.

Ma fatigue, réelle, pesante, inquiétante, balaie tout. Et même si je ne l'éprouvais pas, je n'autoriserais pas mon fils à s'immiscer dans ma vie privée. « Je comprends, a-t-il dit tout à coup, je comprends très bien que tu ne puisses plus aimer un homme comme Papa, il est si terne. Mais ce que je souhaite, ce que je te demande, c'est de ne pas me quitter, de ne pas abandonner ta famille. Si tu le faisais, j'en mourrais. » Son œil bleu vacillait sous le mien, et je pensais à ma mère, la femme de mon enfance, celle dont le sens du devoir me paraissait avoir remplacé tous les autres; celle dont l'exemplarité me donnait la nausée; celle dont je rêvais qu'elle trébuchât, qu'elle devînt une femme légère, comblée d'amants et que pour l'un d'eux elle nous sacrifiât tous, mon père, mon frère et moi, nous laissant seuls, peut-être un peu perdus mais soulagés. Hélas ! ma mère ne voulut jamais s'écarter de sa morale rigide, et je crois bien que je ne fus pas la seule à en souffrir. Mon père, qu'elle surveillait rigoureusement, semblait accablé par le poids de son affligeante vertu. Il est mort par un jour tiède et brumeux de fin d'hiver, après m'avoir dit vingt fois sa lassitude. Il est mort sans y penser, brusquement, comme par étourderie, me laissant le regret de l'avoir mal connu et de perdre en le perdant la seule personne de ma famille à qui j'eusse aimé, moi la secrète, l'apparente inflexible, confier mon désarroi et ma faiblesse.

C'est à cet homme disparu il y a dix-neuf ans que je pense ce matin en téléphonant, de mon bureau de l'hôpital, à Georges Béraud, le chirurgien de Josselyne Chanon. Il avait été le seul à m'encourager dans mes études de médecine, ma mère se montrant horrifiée à l'idée qu'une femme, sa propre fille, pût examiner et tripoter des hommes nus.

On me dit de garder l'appareil, que le docteur Béraud est en conférence. Lors de mes trois précédents appels, il était « en urgence ». La standardiste est peut-être fantaisiste et j'ai le tort d'en être agacée.

« Béraud à l'appareil. »

Une sorte d'aboiement. Je répète mon nom. Il dit :

« Oui oui je sais, d'ailleurs nous nous connaissons. »

Ma mémoire n'est pas excellente et je n'ai aucun souvenir de ce Béraud.

« Avril 1965. Un congrès à Bruxelles. Vous vous rappelez ?

— C'est possible, oui.

— Non, vous ne vous rappelez pas. Aucune importance. De quoi s'agit-il ?

— De la malade que vous venez d'opérer : Josselyne Chanon. »

Il répond que tout s'est très bien passé, qu'il vient d'ailleurs de voir le mari. Est-ce que je suis le médecin traitant de Mme Chanon ? On ne le lui avait pas dit.

Il sait parfaitement que je ne suis pas le médecin traitant de Josselyne, mais peut-être parce que je n'ai pas le bon goût de me souvenir de lui, peut-être parce que mes titres l'agacent, peut-être parce qu'il est misogyne, il a décidé d'être désagréable. Je lui pose tout de même la question essentielle :

« Est-ce qu'il s'agit bien d'une tumeur bénigne ?

— Il m'est difficile d'en parler par téléphone. »

Non. Un oui ou un non ça ne pose aucune difficulté. Simplement il ne veut pas. Simplement il me claque la porte au nez.

« J'ai dit la vérité au mari », ajoute-t-il.

Donc il s'agit d'une tumeur maligne.

« Est-ce qu'il y avait des ganglions ? »

Silence. Puis il toussote. Puis il répond :

« En somme, chère madame, c'est le compte rendu opératoire que vous désirez. Pour quelle raison ?

— Je suis une amie de Josselyne Chanon.

— Elle ne m'a pas parlé de vous. »

Il arrive qu'un malade me confie timidement que, la plupart du temps, les médecins sont inaccessibles, cassants, presque inhumains; qu'un dialogue simple, direct, est impossible avec eux. Je comprends aujourd'hui pourquoi. Béraud ne serait pas plus désagréable avec moi si je n'étais pas médecin.

« Je suppose, dis-je, que l'extemporané...

— Si vous voulez bien m'excuser, on m'attend. »

Je raccroche en même temps que lui, joues en feu. Pauvre Gaillant. Ma première pensée est donc pour moi. La seconde, pour Josselyne Chanon dont la vie vient d'être atrocement bousculée. Trente-sept ans. Trois enfants. Si Béraud lui a enlevé un sein, ce soir elle le saura, elle comprendra. Et même s'il n'y a eu qu'une intervention partielle, il faudra tout de même lui dire qu'il ne s'agissait pas d'un simple kyste; qu'une radiothérapie est maintenant nécessaire. Donc cancer. Le mot ne sera peut-être pas prononcé mais elle ne pensera qu'à lui, il sera présent à chaque seconde de son attente. Son attente de quoi ? D'une guérison totale, bien sûr. On trichera un peu, on lui dira 60 p. 100, elle s'accrochera peut-être à ce chiffre mensonger.

Et si l'anatomopathologiste de Béraud s'était trompé ? C'est une possibilité. On ouvre, on prélève, on fait une analyse sommaire, on annonce : cancer. Et quelques jours plus tard l'examen des coupes histologiques révèle qu'il s'agissait d'une tumeur bénigne.

Le contraire arrive encore plus souvent : l'extemporané ne montre rien. Donc tumeur bénigne. Puis les coupes histologiques disent non, cancer. Le cas s'est produit il y a trois semaines dans mon service. Une jeune fille de vingt ans. Elle n'avait pas la moindre appréhension, elle disait à mon âge vous ne m'aurez pas, je n'entre pas dans le jeu des statistiques, c'est trop con. Elle préparait une licence de philosophie et s'ingéniait à poser des colles à son chirurgien. Elle plaisantait : faites-moi sauter ce kyste et ne m'abîmez pas, les seins c'est ce que j'ai de plus beau, ce sera peut-être mon gagne-pain si j'échoue en philo.

On fait sauter la petite bille. C'est Boulard, un chef de clinique-assistant de trente ans qui a opéré. Le lendemain il confiait à sa jeune malade : « Vous aviez raison, ce n'était rien rien rien, je vous ai à peine entamée, mais je peux vous l'avouer maintenant : j'ai eu peur. » Trois jours plus tard il pleurait dans mon bureau : c'est un cancer, les coupes histologiques viennent de le révéler. Je voudrais rouvrir avant la radiothérapie, je voudrais prendre toutes les chances avec cette fille si jeune.

Elle a refusé une seconde opération. Elle ne pleurait pas, elle ne se lamentait pas, elle ne posait plus de questions. Elle restait figée dans un désespoir sec. Il a fallu que j'intervienne, que le patron lui-même intervienne pour qu'elle accepte la radiothérapie. Elle ne disait plus « Vos statistiques à la con », mais « Quand ça vous tombe dessus à vingt ans c'est la mort de toute façon. »

Je réussis à joindre Pierre-Henri par téléphone. Il me dit c'est épouvantable, est-ce qu'elle n'a pas perdu de temps ? Son truc était très gros; pourquoi ne l'a-t-elle pas fait enlever plus tôt ?

Je suis toujours étonnée de voir des femmes avec une grosseur au sein de la taille d'une prune. Leur corps leur est-il si peu familier pour qu'elles laissent ainsi évoluer une masse suspecte ? Cela dit, il arrive que je fasse avouer à une malade qu'elle ne prend un bain qu'une fois par mois ou même tous les deux mois.

J'essaie de rassurer Pierre-Henri, mollement. La muflerie de Béraud ne passe pas. Mais ce sont là des détails qui n'intéressent pas mon frère. Je suis médecin, non ? Alors *je dois* pouvoir obtenir ce qu'il veut. Et ce qu'il veut c'est le résultat des coupes histologiques. Pour être sûr qu'il n'y a pas eu d'erreur. Il a réussi à se procurer le nom de l'anatomopathologiste : Froment, « *tu devrais* connaître, Françoise ».

« Non, je ne connais pas. Et de toute façon, l'examen ne sera pas terminé avant deux ou trois jours.

— Mais *tu dois* écrire dès maintenant, *il le faut*, Françoise. »

Comme je mollis de plus en plus, il se met à crier dans l'appareil :

« C'est un cauchemar pour tout le monde. Et pense à Josselyne qui va se réveiller pour vivre ce cauchemar. »

Je rétorque que j'en vois tous les jours, des femmes, des hommes qui se réveillent pour vivre ce cauchemar. Mais je sais déjà que je vais céder.

Ne pas écrire moi-même à Froment : si Béraud l'a prévenu contre moi, ce sera voué à l'échec.

Reste la solution Fabienne Cristelle. Elle est l'anatomopathologiste de l'hôpital. Efficace, décontractée.

J'entre dans son labo au moment où elle en sort.

« Bonjour, Gaillant. Ne me demandez rien : j'ai faim.

— Dommage, Cristelle. »

Longue, faussement fragile avec un joli visage tranquille, elle promène sur moi son regard blond.

« Vous avez une drôle de tête, Gaillant. Qu'est-ce qui ne va pas ?

— Connaissez-vous un certain Froment, un de vos collègues ? »

Elle ne connaît pas. Mais elle me propose de rentrer, enlève sa capote, rouvre la porte du labo.

« Asseyez-vous, Gaillant. Franchement, je n'aime pas votre tête. »

Je lui raconte en quelques mots l'histoire de Josselyne Chanon et mon coup de fil à Béraud. Elle dit vous êtes surprise, Gaillant ? et me regarde avec une douce ironie.

« Les chirurgiens, je n'aime pas, ajoute-t-elle, et ils le savent et je m'en fous. Des réac, des misogynes, si, si, Gaillant, presque tous. Moi aussi j'ai mes statistiques : quatre-vingts pour cent des chirurgiens que je connais ont une ribambelle de gosses. Ça ne les effraie pas, même si ça tue leurs bonnes femmes. Je n'ai jamais pardonné à Pressinet, vous vous rappelez Pressinet, ce grand blond du service de chirurgie thoracique ? Je ne lui ai jamais pardonné d'avoir bousillé la carrière de sa femme. Elle était interne et brillante quand il l'a épousée. Il lui a fait sept enfants coup sur coup, malheur, et la voilà maintenant mère au foyer et en dépression. Bon, vous voulez que j'écrive à ce Froment ?

— D'anatomopathologiste à anatomopathologiste, ce sera plus simple.

— Ou plus épineux. S'il est misogyne lui aussi. En fait, rien ne l'oblige à me répondre si ce n'est la simple courtoisie. Ou bien il peut le faire sans envoyer les coupes histologiques et me dire qu'il s'agit bien d'un cancer, alors qu'il s'agit tout bêtement d'une tumeur bénigne. »

Elle plaisante ? Non, elle affirme que non; que le cas s'est déjà produit; qu'elle n'invente rien.

« Vous ne le saviez pas, Gaillant ? Au cours de l'intervention, ce genre d'anatomopathologiste travaille souvent trop vite et dans de mauvaises conditions. Il lance un premier diagnostic : cancer. Et le chirurgien marche sur cette donnée. Le lendemain, en examinant les coupes histologiques, l'anapath[1] comprend qu'il s'est trompé. Si c'est la première fois, il prévient le chirurgien. Mais si c'est la quatrième ou cinquième fois en quelques mois qu'il commet ce genre d'erreur, il a peur de perdre la confiance de l'opérateur et de ne plus pouvoir travailler avec lui. Alors il laisse courir. Cancer il a dit, cancer il maintient.

— Je ne peux pas le croire.

— Eh bien, vous avez tort. C'est ça les bonnes statistiques, Gaillant : on guérit définitivement des cancers qui n'en sont pas. On pourrait même parler de miracles. Si l'opéré est allé à Lourdes ou bien chez un guérisseur...

1. Abréviation de anatomopathologiste.

— Cristelle, vous exagérez.

— Oh ! Gaillant, vous avez une sacrée dose de naïveté. Mais je peux tout de même vous rassurer. Quand le contraire se produit : premier diagnostic, tumeur bénigne, et second, cancer, l'anatomopathologiste en question prévient toujours le chirurgien; il prendrait trop de risques, sinon.

— Mais ces types-là doivent être rares, dis-je. On ne les trouve pas dans les hôpitaux. »

Elle appuie sa main sur mon bras, doucement, avec un sourire las et quelque chose de bizarrement attachant dans ses yeux dorés qui ne cherchent jamais à se dérober.

« Je vous aime bien, Gaillant. Oui, ils sont rares. Non, on ne les trouve pas dans nos hôpitaux. Parce que dans les services de l'A.P., il n'y a en général que des anapaths genre emmerdeurs, donc genre Cristelle, qui vérifient consciencieusement les coupes histologiques. Décidément j'ai faim. Venez donc bouffer avec moi. »

Elle marche vite, capote accrochée à une épaule; elle admire la mienne, que j'ai fait faire sur mesure par un couturier — mon seul luxe. Elle s'étonne : je me croyais plus petite que vous, Gaillant, mais non : un mètre soixante-douze. Nous sommes les deux grandes femmes de l'hôpital. Et elle part dans un rire très jeune, contagieux. Je lui demande comment va son fils, six ans, elle me dit qu'il devient aussi grossier qu'elle et que les fessées qu'elle lui donne ne servent à rien : pourri par son père. Le père, je l'ai rencontré il y a deux ou trois ans chez Rivemale, au cours d'un grand dîner officiel et ennuyeux comme le sont la plupart des dîners chez les patrons. Il est pilote à Air France et timide comme un enfant de chœur. Quand il parle de sa femme, il dit le docteur Cristelle, et quand il la regarde on pense à un acteur de films muets mimant l'amour fou.

La salle du réfectoire est presque vide et j'aperçois Michel Fernstein qui se lève en agitant son bras. Il est seul à une table.

« Vous n'avez rien contre Fernstein, Cristelle ?

— Au contraire. Je l'adore ce grand roux. »

Il est brun, immense, avec une barbe rectangulaire aux reflets fauves.

« Vous déjeunez avec moi, mes jolies ?

— Tu parles comme James Hadley Chase, lui dit Cristelle. Oui, assieds-toi. »

Il demande qui est Chase et nous lançons en chœur un « quoi » scandalisé.

« Ne me dis pas, dit Cristelle, que tu es comme tous ces médecins peigne-culs qui méprisent les romans policiers et les romans tout court et qui n'ont pas ouvert un livre de fiction depuis vingt ans.

— Je lis mes revues médicales.

— Mais nous aussi nous lisons nos revues, *en plus*, n'est-ce pas, Gaillant ? »

Je pense aux deux grandes piles qui m'attendent dans un coin de ma chambre. Depuis quelques mois la lecture des revues médicales est devenue mon cauchemar. J'en parcours une de temps en temps avec des yeux fatigués, l'esprit ailleurs. Ce qui réveille mon angoisse : je vieillis, je suis vieille. Pendant vingt ans, avec des journées de travail insolentes et des virées le soir, j'ai toujours consacré une heure au moins à la lecture de mes revues, même tard dans la nuit.

« J'ai toutes les excuses pour ne pas lire vos romans, proteste Fernstein : je me présente à l'agrégation. Je suis sur une liste d'aptitude.

— Tu ne seras pas nommé du premier coup, décrète Cristelle. Tu es juif.

— Et alors ?

— Tu crois peut-être que nos grands chefs adorent les juifs ? Qu'ils sont merveilleusement libéraux ?

— Pas dit ça. Mais mon jury n'est pas trop mal : un patron juif, Gamabache; deux types de gauche, Fernet et Manceron; le reste, neutre.

— Gamabache ne te soutiendra pas parce qu'il est lâche : il aura peur qu'on lui reproche, précisément, de favoriser un juif. Tes deux types de gauche me font rigoler : petits bourgeois froussards. Quant à tes neutres, qu'est-ce que ça veut dire neutres, dans notre milieu ? Réactionnaires à plein régime, mon gros, voilà. »

J'essaie de réconforter Fernstein embarrassé de sa déception, je lui dis que ça ne se passe tout de même pas comme ça, je connais, et que Cristelle exagère.

« Je n'exagère pas », proteste Cristelle en mâchonnant allégrement son poulet basquaise.

J'ai choisi, moi, le bœuf bourguignon; j'ai eu tort. De toute façon, mon bel appétit m'a quittée depuis plusieurs mois, et là encore je veux croire qu'il ne s'agit pas d'un symptôme mais d'un simple caprice. Quand aurai-je le bon goût de piétiner une lucidité dont naguère j'étais si fière ?

« Tu te présenteras à l'agrégation ? demande Fernstein à Cristelle.

— Non. Parce que les femmes c'est comme les juifs pour ces gens-là : une minorité inquiétante. Même si j'étais très brillante, ils ne me nommeraient pas la première fois, n'est-ce pas, Gaillant ? »

Je suis obligée d'avouer que lors de mon premier concours j'ai été délibérément écartée au profit d'un homme de quarante-six ans assez médiocre mais père de six enfants et ancien résistant.

« Famille, travail, patrie, dit Cristelle. Régime Pétain, nous en sommes encore là. »

Fernstein a l'air de plus en plus inquiet. Je lui demande si Rivemale, notre patron, le soutient à fond.

« Vous plaisantez, intervient Cristelle. Rivemale ne se mouille jamais. Pour personne. »

Fernstein se mordille la lèvre inférieure avec fureur, l'œil rapetissé, la main fébrile qui saisit n'importe quoi sur la table, un verre, une fourchette, un morceau de pain, les lâchant aussitôt, et dans laquelle je fourre soudain une cigarette.

« J'ai malgré tout un espoir, soupire-t-il. Suivez-moi, Gaillant : les deux types les plus importants du jury, ceux qui peuvent peser sur tous les autres sont Fernet et Manceron. Chacun d'eux soutient à mort un candidat différent. Ce sera une bagarre spectaculaire. Ni l'un ni l'autre ne voudra céder. Alors, que se passe-t-il dans ces cas-là ? On choisit un outsider.

— Et l'outsider ce serait toi ? s'étonne Cristelle. N'y compte pas trop, mon gros. Ils choisiront un brave petit canard bien-pensant et tu te consoleras en t'installant en ville. Tu pourrais gagner un fric fou.

— La clientèle de ville ne m'intéresse pas, dit Fernstein. Qu'en pensez-vous, Gaillant ?

— Rien. Je devrais moi aussi gagner beaucoup d'argent; j'en suis incapable. Mes honoraires sont ridiculement bas pour un professeur agrégé et il m'arrive souvent de ne pas les réclamer aux petits artisans, aux petits vieux qui n'ont pas la sécurité sociale. Pourquoi n'ai-je pas choisi de travailler à plein temps à l'hôpital ? Parce que je prétendais garder une certaine liberté. Résultat dérisoire. Fernstein, qui s'occupe de deux salles où l'on a relégué les vieux, les sans-espoir, les laissés-pour-compte, travaille moins que moi. A cinq heures de l'après-midi il est libre, et s'il y a une urgence les internes s'en occupent. »

Pourra-t-il me remplacer dans mon service pendant mes huit jours de vacances dans le Midi ? Je le lui demande. Il sourit et, curieusement, à cause des nombreuses petites rides en éventail, son visage devient plus vieux dans le sourire.

« Volontiers, Gaillant. J'en suis même flatté. »

Il y a deux ans il était amoureux de la fille d'un patron de chirurgie qui ne consentait au mariage que si son futur gendre achetait un nom aryen. Fernstein a alerté une grande partie des médecins juifs de Paris, et quelques-uns ont consenti à adresser une pétition au patron antisémite. Sans succès. Lassée, la fille a épousé un polytechnicien, et Fernstein a traîné son chagrin pendant plusieurs mois. Je suis sûre que dans sa volonté de devenir agrégé entre une bonne part de défi lancé au père de son ex-fiancée.

Comme nous sortons de la cantine, il effleure de sa main pâle la manche de ma capote.

« Vous avez un moment, Gaillant ? Je voudrais vous montrer une de mes petites vieilles. Vous la connaissez. Son cas est navrant. »

La salle Delarue. Une vingtaine de lits coincés dans une pièce exiguë. Une odeur d'urine que ne parvient pas à masquer celle du chlore. Et des visages blêmes, sans regard, où la vie refuse de s'accrocher. Les petites vieilles de Fernstein. La plupart du temps elles échouent là parce que l'appartement où elles avaient vécu pendant quarante ou cinquante ans a été pris par leurs enfants. A l'occasion d'une petite grippe ou d'un rhumatisme bénin, elles ont été conduites à l'hôpital dans un service de médecine. Vient le jour où elles pourraient sortir. On apprend alors que leurs enfants ne peuvent plus les recevoir *chez eux*. Le transfert de propriété de l'appartement a été fait avec l'accord extorqué aux petites vieilles pendant que celles-ci étaient alitées. Alors on les envoie *en attente* dans la salle de Fernstein. En attente de quoi ? Pour les plus favorisées, c'est la maison de retraite; pour les autres, la mort, en passant par le gâtisme. Les facultés intellectuelles dégringolent très vite quand on vit ce genre d'attente.

De temps en temps Fernstein pique sa crise. Au pied du lit d'une petite vieille, il rencontre une fille, un fils, un gendre, et ce doux géant laisse soudain éclater sa colère.

« La voici, dit-il. Je serais étonné si vous la reconnaissiez. C'est Mme Reboul. »

Nous sommes à trois pas du lit. Fernstein me regarde et je regarde la femme, et je fais non de la tête, et je balance la tête pour appuyer ce non non, gorge nouée. Mme Reboul est sans joue, strictement sans joue, regard glauque, cheveux dénoués allant dans tous les sens. Une horrible sorcière.

« Il y a deux mois, dis-je.

— Oui, approuve Fernstein, à peine deux mois. Elle est tombée très vite en dépression. »

J'essaie de retrouver son âge. Soixante-dix-huit ans. Elle était superbe, fière qu'on lui en donne dix de moins. Beaux cheveux lustrés, retenus par un bref chignon sur la nuque, regard clair. On la soignait pour une petite bronchite. Elle disait c'est bon d'être servi, c'est un peu comme si j'étais en vacances dans un hôtel. Mais si je grossis trop, mon petit-fils me grondera.

« Ses petits-enfants, dit Fernstein. Les salauds. Ils ne viennent plus la voir. Elle se laisse mourir de faim. Je les ai convoqués, ils ne bougent pas. Parlez-lui. A vous, elle répondra peut-être. »

L'espace entre les lits est trop juste pour qu'on y case une chaise. Je me penche vers Mme Reboul. Son œil reste éteint.

« Vous me reconnaissez ? Je vous ai soignée. Docteur Gaillant. »

Ses paupières bougent : un lent va-et-vient sur les yeux décolorés et étrangement immobiles. Elle était d'une propreté méticuleuse : une agréable petite vieille qui sentait le savon et l'eau de Cologne. Aujourd'hui une violente odeur de sueur et d'urine m'oblige à relever la tête.

« Aimeriez-vous revenir dans mon service ? »

Un bref éclair dans son œil, et ses lèvres qui paraissaient soudées l'une à l'autre s'entrouvrent enfin.

« Je vais mourir, dit-elle.

— On ne vous laissera pas faire.

— A quoi bon ? Ils ne veulent plus de moi. »

Les petits-enfants, encore eux. Dans mon dos, Fersntein m'explique : ils lui ont fait le coup *avant*, ce qui est tout aussi cruel. Elle avait un appartement de trois pièces où elle vivait seule depuis la mort de son mari qui lui avait laissé une petite rente décente. Pour s'occuper, elle faisait des tricots à la machine, qu'elle vendait plus ou moins bien. Cet argent-là, elle le donnait à son petit-fils. Un jour il s'est marié. La jeune femme travaillait dans une banque, comme lui. Ils n'ont même pas essayé de faire un emprunt pour l'achat d'un appartement; la vieille en avait un, trop grand pour elle, qu'ils sont venus habiter. Ils disaient en attendant. Personne ne savait exactement ce qu'ils attendaient. Quand Mme Reboul l'a compris, elle ne s'est pas révoltée. L'appartement a été mis au nom du petit-fils qui a, dès lors, attendu autre chose. La vieille toussait un peu; il a fini par la convaincre d'aller se faire soigner à l'hôpital. Elle ne se méfiait pas, elle disait je vais guérir, je rentrerai bientôt à la maison. Un jour elle a reçu une lettre : il n'y avait plus de place pour elle dans l'appartement, on attendait un enfant. Et elle, que pouvait-elle attendre ?

Mme Reboul se met à pleurer : des larmes tranquilles, effrayantes. Je ne trouve plus rien à dire et Fernstein m'accompagne jusqu'au couloir.

« Qu'est-ce qu'on peut faire ? grogne-t-il avec une sorte de rage froide. Elle va mourir de dénutrition.

— Elle n'est pas la seule. »

Je pense aux innombrables petites vieilles qui, elles, veulent encore vivre mais qui sont trop handicapées pour saisir les plats déposés sur leur table de chevet. Les filles de salle, les infirmières n'ont pas le temps de les faire manger suffisamment et les petites vieilles crèvent de faim.

« Marre de tout ça, soupire Fernstein. J'ai pensé à aller trouver ces salauds de gosses. Je pourrais les harceler et même les tabasser jusqu'à ce qu'ils comprennent.

— Fernstein, vous divaguez mon vieux. »

Il dit oui hélas et me tend la main. Je n'ai plus le temps d'aller voir Geneviève Liénard. Ni l'envie. On ne peut pas avoir la gorge nouée plusieurs fois par jour. On ne peut pas.

J'ouvre la porte de mon bureau quand la surveillante surgit, bras levés.

« Encore là. Si on en profitait pour faire votre radio de contrôle ?

— Non.

— Pourquoi ?

— Parce que je m'en fous.

— Pas moi, dit-elle. Vous toussez. Si vous faites une rechute...

— On me soignera. Deux mois de vacances, une aubaine. Mais je ne suis pas encore prête à les prendre : j'attends les beaux jours.

— Et les complications. Vous n'êtes vraiment pas raisonnable. »

Elle me suit dans mon bureau et me regarde ouvrir mon calepin, le feuilleter, m'arrêter au 18 avril.

« Le 17, madame Héron. Le 17 à midi, j'aurai ma radio de contrôle, promis.

— Qu'est-ce qu'il y a de spécial, le 17 ?

— Une corvée épatante : mes valises à bourrer d'inutilités. »

Le drame. Il est sur le visage de ma fille Elisabeth quand je pénètre dans le vestibule. Elle m'attend, un sandwich à la main. Elle me dit qu'elle m'attendait avec une voix altérée et des lèvres tremblantes. Elle me dit qu'elle n'a pas voulu déjeuner avec lui, son père, et qu'il serait préférable que je déjeune moi-même plus tard, dès qu'elle m'aura expliqué les faits. Parce qu'il ne faut pas attendre de cet homme-là une interprétation objective. Puis non, elle se ravise et me dit qu'en fin de compte il est préférable que je me rende immédiatement dans la chambre de son frère; Julien s'y est bouclé. Lui aussi a renoncé au repas familial. Elle m'accompagne. Oui, elle m'accompagne parce que son frère est bouleversé, il a besoin de sa présence.

« J'espère que tu n'as pas faim ? ajoute-t-elle négligemment en m'aidant à me débarrasser de mon manteau.

— Non. Mais j'aimerais tout bêtement savoir ce qui s'est passé. Peux-tu me le dire en quelques mots ? »

Elle ne veut pas. Il faut d'abord que *je voie*. Elisabeth a toujours su ménager ses effets.

Quand je rentre dans la chambre de mon

fils, ce n'est pas son frère que regarde Elisabeth mais moi, guettant ma réaction. Julien est assis sur son lit, un livre à la main, tête méconnaissable.

« Qu'est-ce que tu as fait à tes cheveux ? »

Ils sont coupés ras et de façon grotesque, comme si un enfant s'était amusé à y donner des coups de ciseaux dans tous les sens.

« C'est son père, répond Elisabeth, qui est l'auteur de ce chef-d'œuvre. »

Visage crispé, Julien dit :

« Je m'en fous je m'en fous, et il fait un effort considérable pour ne pas pleurer.

— Pourquoi ? »

Dans mon dos, Elisabeth allume une cigarette et répond à nouveau :

« Pour le punir d'un truc que certains gosses malheureux font un jour ou l'autre. Moi-même je l'ai fait et j'ai eu la chance de ne pas être prise. Il a volé dans un grand magasin. »

Je demande à Julien si c'est la première fois. Il soupire à fond et dit bien sûr que non. Avant, il volait des disques et des livres.

« Et cette fois-ci ?

— Un miroir. Un grand miroir ovale avec de l'or autour. Très joli. Je l'aurais offert à Elisabeth pour qu'elle le mette dans sa chambre. »

Un miroir. Je pense à Chabret, à sa jubilation s'il était là. Un miroir, madame, savez-vous ce que cela signifie ? Savez-vous pourquoi votre fils a choisi de le voler ? Votre fils est tout à fait mûr pour une psychothérapie. Etes-vous totalement inconsciente ? Allez-vous renoncer à toutes vos responsabilités ?

« Je vais te raconter, Maman, dit Elisabeth.

— Non. Tu vas aller chercher quelque chose à manger pour ton frère. »

Elle me regarde avec un étonnement affecté, comme si je venais de lancer une incongruité.

« File, Elisabeth. »

Une main sur la porte, elle se retourne :

« Ne me dis pas que tu vas réagir comme son père. Ne me dis pas que tu vas faire bloc avec cet homme-là contre Julien... »

Elle m'assomme; je le lui dis.

Julien s'est levé dans un pantalon noir qui coince ses hanches très fines.

« Je peux t'expliquer, Maman ?

— Non. Tu manges d'abord. Assieds-toi. Regarde-moi. Et si je te donnais une bonne correction ?

— Tu n'en parlerais pas, tu le ferais. »

Une quinte de toux me plie en deux, je jette la cigarette que je venais d'allumer.

« Je suis fatiguée, Julien.

— C'est le genre de banalité que l'on sort à tout propos quand on refuse de regarder en face la vérité. »

Il a haussé le ton de manière inattendue, malheureux et crâneur.

« Je suppose que c'est ce que tu as dû dire à ton père juste avant qu'il ne te coupe les cheveux ?

— Non, même pas. Je n'ai rien eu à lui dire. Ce sont les apparences qu'il n'accepte pas : mon vol et mon arrestation. »

Elisabeth vient d'entrer avec un plateau : deux assiettes de crudités, un saucisson, des fruits, une bouteille d'eau minérale.

« Est-ce que tu comprends, maintenant ? dit-elle en posant le plateau sur le lit.

— Est-ce que je comprends quoi ?

— La signification de son geste. La raison pour laquelle Julien vole en solitaire depuis six mois. »

Chabret, encore lui. L'obstination d'Elisabeth le ravirait.

« La signification ne m'intéresse pas, dis-je. Ce sont les faits et strictement les faits que je veux. Viens près de moi, Julien, assieds-toi. »

Une assiette de crudités sur les genoux, j'entreprends de donner la becquée à mon fils.

« Mastique. Bon. Je t'écoute. Que s'est-il passé ?

— Ce matin j'ai séché mes cours pour aller aux Galeries Lafayette.

— Pourquoi les Galeries Lafayette ?

— Parce que j'y ai mes petites habitudes de voleur. Les disques y sont facilement accessibles et le choix considérable. J'ai commencé à me faire la main avec un Bartok. Puis j'ai parcouru plusieurs rayons... Mais il faut que je t'explique pourquoi je vole, ce que je ressens.

— Non. Les faits. Tu vas manger, dis ?

— Pas faim, Maman. J'aimerais que tu comprennes...

— Comment as-tu pris ce miroir ?

— J'ai aperçu tout à coup ce grand machin ovale au cadre rutilant et ça a été irrésistible. Je l'ai décroché de son support pour le glisser sous mon manteau. Puis je me suis éloigné lentement en me contraignant à ne pas me retourner. J'ai enfin passé la porte du magasin avec une folle envie de crier hurrah. J'étais heureux, Maman.

— Et on t'a arrêté.

— Oui. J'ai fait trois pas dans la rue et une main s'est posée sur mon épaule, comme dans les films policiers. Quand je me suis retourné, un grand jeune homme me toisait. Il m'a dit : « Viens, ne fais pas d'histoire, ça n'arrangerait pas ton cas, viens. » Je l'ai suivi. Il m'a fait entrer dans un bureau, au dernier étage du magasin. Un employé m'a fouillé; il a découvert le miroir et le disque et les a pris sans commentaire. Puis une femme m'a interrogé : mon nom, mon adresse, ma carte d'identité. Rien d'autre. On m'a fait alors attendre dans un coin et personne ne s'est occupé de moi. Au bout de vingt minutes un chef de service est entré, il m'a regardé avec un vrai dégoût, il a même précisé que je le dégoûtais, et ajouté que la police n'avait pas encore été prévenue; qu'il attendait, pour le faire, d'avoir vu mes parents.

— Et il a téléphoné à ton père. Tu veux une pomme ?

— Non merci. Mon histoire ne t'intéresse pas, Maman.

— Qu'est-ce que tu espérais, Julien ? Tu as été puni par ton père, tu es heureux, non ?

— Il espérait que tu comprendrais pourquoi il a fait ça, intervient Elisabeth. Il vole parce que, précisément, il n'est pas heureux chez lui. »

Ils m'ennuient avec leur bonheur. Tous, Etiévant, mon frère, mes enfants.

« Si c'est cela qu'il a dit à son père pour justifier son vol, je ne suis pas étonnée qu'il ait les cheveux rasés.

— J'ai simplement dit qu'il s'agissait d'un coup de folie, proteste Julien. J'ai fait l'imbécile pour éviter l'intervention de la police. J'ai même demandé pardon en pleurnichant à Papa et au chef de service. Ignoble. Je me dégoûte.

— Tu entends, Maman ? insiste Elisabeth dans mon dos.

— Oui, il se dégoûte. Je n'y peux rien. »

Elle contourne le fauteuil où je suis assise pour venir se planter face à moi, bras le long du corps, comme un soldat.

« Ne me dis pas, Maman, que tu ne comprends pas. Ça serait trop moche.

— Je comprends que Julien a fait l'idiot. Il a volé un miroir pour se prouver qu'il n'avait peur de rien et en même temps pour te l'offrir en guise de cadeau d'anniversaire. Il a raté son coup, bon. C'est une péripétie ennuyeuse, ce n'est pas un drame. »

Elisabeth me regarde intensément et je vois monter jusqu'aux yeux gris-vert un sourire indicible, plein de mépris.

« Même lui, même Papa n'oserait pas dire ça. Il est bouleversé. Il a été odieux avec Julien, il lui a coupé les cheveux dans un moment de colère. Mais c'est parce qu'il était bouleversé.

— Eh bien, c'est parfait, dis-je en me levant. A défaut d'une mère, vous avez un père qui vous aime et vous comprend.

— Pouce, Maman, crie Julien en s'adossant contre la porte. Tu ne sais plus ce que tu dis. Tu as toujours été merveilleuse pour nous. Une véritable amie.

— Mais non, je ne suis pas votre amie. Et cessez donc de vous gargariser avec votre mère merveilleuse. Lâche et fatiguée, voilà ce que j'ai toujours été. Quant à vous comprendre, Seigneur non, je n'ai pas cette prétention. J'ai eu quinze ans comme toi, Julien, puis dix-huit comme toi, Elisabeth, mais je me demande si c'est bien moi qui les ai eus. Il s'agit probablement d'une autre, sinon vous ne me sembleriez pas aujourd'hui si étrangers, vous ne me feriez pas aussi peur. Laisse-moi passer, Julien.

— Non. Tu ne vas pas te défiler, Maman. J'ai dit à Papa que mon vol était un coup de folie; c'était faux. A toi, je peux avouer la vérité : au fond, tout au fond, je cherchais à me faire remarquer.

— Donc à te faire prendre. Julien, dans quel traité de psychiatrie as-tu lu cela ?

— Ça suffit, Maman », proteste Elisabeth.

Elle est livide à hauteur des tempes mais ses joues se sont brusquement empourprées. La colère de ma fille, la haine de ma fille, ai-je cherché cela ?

« Oui, ça suffit, dis-je, vous m'assommez. »

Visage décomposé, Julien s'écarte de la porte pour me laisser passer.

Dans la salle de séjour Gérard m'attend. Assis face au Boudin et lisant un journal, qu'il replie soigneusement dès qu'il me voit entrer.

« Tu parles ou je parle ?

— Ecoute-toi parler, dit-il.

— J'ai vu Julien.

— Ma coupe de cheveux ne te plaît pas sans doute ?

— On se déteste, hein ?

— Ne cherche donc pas à dramatiser, dit-il sans me regarder. On ne s'aime plus, tout simplement. Et parce qu'on ne s'aime plus, tu soutiens Julien quand il commet un acte inqualifiable.

— Je ne le soutiens pas, je le plains.

— Comprends pas. »

Il lève vers moi deux yeux ronds ni bons ni méchants mais avisés et froids.

« Le vol absurde de Julien, dis-je, c'est la

quête maladroite d'une manifestation de l'autorité paternelle.

— Mais bien sûr. Il ne faut jamais oublier que tu es médecin.

— Quand cesseront tes sarcasmes, nous pourrons peut-être parler sérieusement. Il s'agit de notre fils.

— Précisément. Qu'as-tu fait pour lui ?

— C'est un bilan ?

— Je te demande simplement de reconnaître que tu n'as jamais su ou voulu t'occuper de son éducation.

— Je le reconnais. »

Il me regarde avec suspicion. Est-ce que je plaisante ? Il n'est pas sûr du contraire.

« J'ai cru mourir de honte, dit-il posément. Le chef de service du magasin voulait prévenir la police. Il a fallu que je le supplie de ne pas le faire. Et cet imbécile de Julien a cru malin de dire que sa mère était médecin. Sais-tu ce que l'autre a répondu ?

— Je m'en fous, Gérard. Je me fous de l'opinion d'un chef de service des Galeries Lafayette.

— Il m'a dit que, parmi les jeunes voleurs du magasin, les enfants de médecins, de chirurgiens et d'avocats étaient les plus nombreux; que des médecins eux-mêmes volaient et avaient été pris sur le fait.

— Parbleu, les médecins non plus ne sont pas heureux. »

Son étonnement est sincère, qui arrondit sa bouche de bébé aux lèvres très rouges. J'explique à Gérard que c'est l'interprétation de Julien et d'Elisabeth : on vole parce qu'on n'est pas heureux. Et on se fait prendre pour être punis, voire enfermés dans une prison, c'est-à-dire soumis à une véritable autorité avec la certitude d'être ainsi sécurisés. J'ajoute que certains psychiatres ont à peu près la même interprétation que nos enfants.

« Mon autorité, Julien s'en moque, proteste Gérard.

— Parce qu'elle est inexistante. Tu n'es pas assez courageux pour jouer avec conviction les vieux cons. C'est pourtant un vieux con que Julien souhaite avoir pour père. Un vieux con qui le punirait. Un vieux con contre lequel il pourrait se révolter comme nous l'avons fait nous-mêmes à son âge. Nos enfants ont de ces nostalgies. Mais tu es assis entre deux chaises, Gérard : ni père-flic, ni père compréhensif. Un bonhomme grognon, tatillon, égoïste, réactionnaire et en fin de compte peu sympathique.

— Tu avais raison tout à l'heure, Françoise : tu me détestes.

— Mais non, Gérard, c'est toi qui avais raison : je ne te déteste même pas. »

J'ai renoncé à aller ce soir chez Daniel. Je n'aurais pas pu, je n'aurais pas pu, je n'aurais pas pu. Si grande est ma fatigue que je n'ose plus la dire. Au téléphone, j'ai parlé à Daniel du vol de Julien, de mes problèmes avec Julien. Il m'a dit c'est énorme, tu renonces à me voir parce que ton fils a chapardé dans un magasin, c'est énorme. Il a ajouté : les parents m'emmerdent. Et les enfants ? Il prétend les ignorer, son fils y compris, son fils surtout : «Ça ne me concerne pas. »

Je lui ai promis que nous partirions pour

Antibes dans une dizaine de jours. Et au moment où je le disais je n'en avais plus envie. La frousse. Pourrai-je tenir plus d'une semaine en tête-à-tête avec Daniel sans me plaindre de ma fatigue, sans lui montrer ma fatigue ? Quand il aura enfin satisfait son besoin de me faire parler de ma profession, il me regardera et verra une femme très vieillissante et désarmée. Je ne veux pas de la pitié de cet homme-là, ni d'aucun autre d'ailleurs. Me reposer devrait être désormais mon seul souci. Mais si je m'arrête de travailler je tombe en miettes.

« Vous avez cessé de fumer ?

— Non. »

C'est un non agressif accompagné d'un regard de biais vers mon cendrier plein et mes doigts jaunis par la nicotine.

« Je vous avais dit que je ne voulais plus vous revoir si vous ne renonciez pas au tabac.

— Vous fumez bien, vous, et vous êtes une doctoresse.

— Mme le professeur Gaillant ne souffre pas d'insuffisance respiratoire, réplique Hélène Varèse, l'une de mes externes.

— Et alors, quelle différence ? »

La femme qui est devant nous a cinquante ans. Elle est filiforme avec un visage jaunâtre et des yeux larmoyants. Elle souffre depuis plusieurs années d'une sévère bronchite chronique qui s'est aggravée ces derniers temps. Elle ne peut plus monter ses escaliers, bientôt elle ne pourra plus marcher; elle le sait, comme elle sait que le tabac est aussi nocif pour elle que le sucre pour les diabétiques.

« Qu'attendez-vous de moi, madame Carassone ?

— Un arrêt de travail. J'ai eu un hiver difficile. »

Ma consultation à l'hôpital. Depuis huit heures et demie j'ai vu douze malades; Mme Carassone est la dernière et il est à peine midi. Du travail bâclé, mais comment faire autrement ? Mes consultations sont surchargées.

« Je renonce à vous soigner, madame Carassone. Inutile de revenir si vous continuez de fumer.

— Et mon arrêt de travail ?

— Je vais vous le donner. Mais si vous ne renoncez pas au tabac, les hivers seront de plus en plus difficiles pour vous et vous n'en connaîtrez plus beaucoup.

— Vous ne devriez pas plaisanter, dit-elle d'un ton pincé.

— Je tiens à vous faire peur; c'est à peu près tout ce que je peux faire pour vous désormais. »

Si je n'avais pas été réveillée à l'aube par une violente quinte de toux avec vertiges et sueurs froides, ne serais-je pas plus indulgente pour cette femme butée et sotte ? Mais ma propre obstination à me fuir et à enfouir dans la zone la plus secrète de ma conscience ce franc miroir que je devrais me fourrer courageusement sous les yeux, me rend non seulement injuste mais hargneuse.

« Voilà l'exemple type, dis-je en me tournant tour à tour vers Chabret et vers mes externes, l'exemple type du malade de mauvaise foi que tout médecin consciencieux est contraint de renoncer à soigner.

— C'est une honte, proteste Carassone. Vous n'avez pas le droit. Je me plaindrai au...

— Levez-vous. »

Je l'ai fait moi-même d'un jet, contenant à peine ma colère. Elle obéit, trop étonnée pour songer à protester. Je lui dis de me suivre et cette fois elle hésite; alors je lui prends le bras — un petit bâton que j'ai peur de broyer tant il me paraît fragile — et je l'entraîne hors du bureau. Dans le couloir que nous traversons, je dois régler mon pas sur le sien, très lent, parce qu'elle respire avec un bruit de forge.

« C'est une honte », répète-t-elle, mais je ne la lâche pas. Dieu sait ce qu'elle va pouvoir raconter sur la cruauté des médecins des hôpitaux, mais j'en prends le risque. N'y aurait-il qu'une chance sur cent de pouvoir sauver un malade contre sa propre volonté, il faut la tenter et accepter de se faire détester, disait mon patron bien-aimé, le professeur André Delattre.

Je fais entrer Mme Carassone dans une petite salle de quatre boxes. Deux d'entre eux sont occupés par des malades souffrant d'insuffisance respiratoire. Nous nous arrêtons devant une femme sans âge, sans joues, sans couleur, et avec un regard de noyée. L'oxygène la maintient en vie. Un cadavre qu'on fait respirer artificiellement. Je me penche vers Carassone :

« Il y a six mois elle est venue à ma consultation comme vous. Je lui ai ordonné de cesser de fumer. Elle ne m'a pas écouté. Regardez le résultat. »

Carassone ne répond pas et se détourne vivement pour filer vers la porte. Au moment où je la rejoins, elle lève la tête vers moi et je reçois comme une gifle son regard haineux.

Dans le couloir, elle ouvre son sac et en sort une cigarette; avant de l'allumer, elle lève à nouveau vers moi un œil sombre et plein de défi.

« Vous n'aviez pas le droit de faire ça à une

pauvre femme comme moi, crachote-t-elle, vous n'aviez pas le droit. »

Je la regarde partir, silhouette falote au pas bref, hésitant. Et au moment où je vais entrer dans mon bureau, un malaise m'immobilise à trois pas de la porte, cœur en déroute, visage en sueur. Une quinte de toux interminable me casse en deux. Joël Tarquin, l'un de mes externes, s'approche vivement :

« Puis-je faire quelque chose pour vous, madame ? »

Je suis incapable de répondre : ma quinte de toux me brise. Et je me prends à avoir peur.

Tarquin est allé me chercher un verre d'eau. Quant il revient, je suis affalée dans mon fauteuil, mains pendantes.

« Merci Tarquin. Faites quelque chose pour moi, oui : téléphonez au service de radiologie et dites à Catherine que je veux immédiatement un cliché de mes poumons. Ma radio de contrôle. Je crains une rechute de ma tuberculose. »

Quatre ans. Je toussais comme aujourd'hui. Je traînais une petite fièvre qui faisait briller mes yeux, dégouliner mon fond de teint et coller à mon corps amaigri mes vêtements. Je n'avais pas d'amant, pas le temps. J'avais une passion autrement dévorante : le pouvoir, celui que me donnerait, pensais-je, le titre d'agrégée. On me l'a attribué le jour où je me suis alitée. Et je n'ai jamais su ce qu'était une prise de pouvoir. Un mois d'hospitalisation dans le service de mon patron m'avait mise du côté des faibles, des horizontaux. J'étais celle que l'on manipule et qui doit accepter sagement le diagnostic des soignants. Quand je suis redevenue une verticale, il était trop tard. Certes, j'étais devenue pour les autres Mme le professeur agrégé Gaillant, mais en fait rien ne semblait pour moi modifié.

« On vous attend à la radio, me dit Tarquin. J'espère que votre diagnostic est faux.

— J'espère qu'il est vrai.

— Vous plaisantez, madame. »

Non. Mais je lui dis que oui. Parce que j'ai peur. Peur de vouloir trop croire à une plaisanterie.

Le service de radiologie. Des salles vétustes, des vestiaires sommaires, crasseux, une agitation débonnaire qu'on ne trouve nulle part ailleurs dans l'hôpital. Tandis que je me déshabille, j'entends la voix de Catherine derrière la cloison :

« Nous sommes débordés, madame Gaillant, comme d'habitude. Je vous prends entre deux vésicules. »

Elle est à peine plus jeune que moi et elle vient d'avoir un premier enfant qu'elle n'attendait plus.

« Comment va Jérôme ?

— Il me tue. »

Au moment où je sors du vestiaire, elle brandit d'une poche de sa blouse la photographie d'un gros bébé au visage vieillot. Affreux.

« Magnifique, Catherine, magnifique. »

Elle dit non, qu'il n'est pas très beau mais qu'elle en est folle.

« On y va, madame Gaillant ? »

Je colle mon buste nu et maigre contre la plaque froide. J'ai perdu cinq kilos en deux mois.

« Prête ? Ne respirez plus. »

Ma peur. Et si c'était plus grave qu'une tuberculose ? Tout est possible et pour tout le monde, ce qu'un médecin n'ose jamais penser quand il s'agit de lui-même. Ça n'arrive qu'aux autres. Qu'est-ce qui n'arrive qu'aux autres ? Le pire, l'inguérissable.

« Encore un, madame Gaillant. Ne respirez plus. »

Je suis folle, comme les autres, comme tous les malades qui doivent faire pratiquer un examen. Et surmenée. Si je n'étais pas médecin, j'irais consulter un brave généraliste, au hasard, sans me préoccuper de ses titres ni de sa réputation; il me donnerait un arrêt de travail, me prescrirait deux ou trois fortifiants et deviendrait pour moi le magicien. Ma peur balayée d'un coup.

« Vous attendez votre cliché, madame Gaillant ? Trois minutes. »

Rhabillée, je vais m'asseoir dans la petite pièce où les infirmières, quand elles en ont le temps, préparent leur café. Une cigarette inévitable fait resurgir ma toux. Mme Carassone. Ai-je été trop brutale ? Je suis de moins en moins patiente avec mes malades, de moins en moins indulgente. Si Rivemale n'était pas aussi égoïste, aussi exigeant, ce n'est pas huit jours de congé qu'il m'accorderait mais un mois. Un mois avec Daniel ? Non, je ne pourrais pas. Impossible de tricher pendant un mois. J'ai déjà peur de ce que seront ces huit jours pendant lesquels je devrai constamment me surveiller pour que Daniel n'ait pas à ses côtés une femme morose qui n'aspire qu'à dormir et à se taire.

J'ai fermé les yeux et je me sens soudain flotter dans un sommeil vague, traversé de bruits sourds et d'images brouillées. Je suis toujours Françoise Gaillant mais avec le visage de Mme Carassone, et je fume des cigarettes l'une après l'autre dans la chambre de Geneviève Liénard qui hurle que je l'asphyxie, qui hurle qu'elle ne veut pas mourir.

« Madame Gaillant. »

Je rouvre les yeux sur un monde on ne peut plus net : Catherine est penchée sur moi.

« Votre radio, madame Gaillant. »

Je la prends entre deux doigts et j'attends que Catherine ait quitté la pièce pour hisser le cliché devant mes yeux. A droite, mes cicatrices de tuberculose; elles n'ont pas bougé et j'en suis presque déçue. Mon regard s'immobilise car je sens une présence derrière moi. Avant même que j'aie pu me retourner, les mots sont lancés et me laissent stupide :

« Moche. Je parie pour un cancer du lobe supérieur gauche. »

L'horreur. Je dégringole comme une flèche, je tombe en enfer. L'horreur n'est pas sombre, l'horreur n'est pas grise : c'est une pluie de lumières brûlantes qui vous aveugle et vous rend aphone. Car je veux protester par un cri, mais ce cri reste barricadé dans ma poitrine. Et mon regard, mon regard trouble, douloureux, cherche en vain ce lobe supérieur gauche...

« Vous n'y croyez pas ? » dit la voix.

Je l'ai reconnue, c'est celle de Pierre Gravond, un assistant de radiologie.

Mon regard accroche enfin la masse, car c'est bien une masse parfaitement circonscrite qui occupe le sommet de mon poumon gauche. Gravond est toujours dans mon dos. Si je me retourne, il verra ma pâleur, mes lèvres qui tremblent.

« Ainsi, vous pariez pour un cancer du lobe supérieur gauche. Moi pas. »

Ma voix est à peine altérée mais je sens dans ma bouche une grosse langue râpeuse qui me donne la nausée : je n'ai plus de salive.

« Vous allez perdre. Mais allez-y, proposez autre chose.

— Une tuberculose.

— Ah oui ? Que donnent l'examen des crachats et la bronchoscopie ?

— Je n'en sais rien. Ces examens n'ont pas encore été pratiqués. Ça peut être également un abcès ou une mycose.

— C'est ce que vous direz à votre malade quand vous lui proposerez une intervention. Mais croyez-moi, je me trompe rarement quand l'opacité est aussi bien limitée. Quel âge a votre malade ?

— La quarantaine. C'est ma sœur. »

Alors je fais volte-face. Mon visage bouleversé n'étonnera pas Gravond.

« Votre sœur ?

— Ses poumons, oui. »

Il plaque un masque grave sur sa grosse figure naturellement goguenarde, passe une main énorme sur ses cheveux ras.

« Excusez-moi, je peux me tromper.

— Pourquoi vous excuser ? »

Il ne répond pas, prend le cliché, l'approche de ses yeux, le regarde longuement.

« Rien n'a changé, mon cher. Et vous avez probablement raison : il faut envisager un cancer.

— Je suis à la disposition de votre sœur pour lui faire des tomographies au plus tôt. On ne sait jamais. Tout est possible. »

Il me rend le cliché, évitant mon regard, et fait deux pas vers le couloir. Quand il se retourne, je vois qu'il a repris son assurance et son sourire. Et si je lui disais c'est moi, ces poumons-là sont les miens ?

« Désolé, madame. Mais franchement, vous seriez arrivée tôt ou tard aux mêmes conclusions que moi. Vous êtes médecin. »

Oui, je suis médecin. Et je le hais comme Mme Carassone m'a haïe tout à l'heure.

Le visage raidi par l'incrédulité, je regarde à nouveau la radiographie, *ma* radiographie. Mais je ne vois plus rien : des larmes font écran entre la tache monstrueuse et moi. Alors je laisse tomber, tout : le cliché, mon corps sur une chaise, et ma dignité. Je me mets à gémir et à me balancer d'avant en arrière sans pouvoir m'arrêter. Je suis brutalement une autre, une personne différente qui a échappé à la civilisation et aux habitudes culturelles. Je gémis sauvagement, une longue mélopée rauque, étouffée, je tombe en morceaux. Je me laisse couler.

Un cancer. Je n'essaie même pas d'apprivoiser l'idée que je puisse avoir un cancer. J'ai peur. Je suis tout entière pitié pour moi, mais ma conscience crispée refuse farouchement ce cancer. Et pourtant.

Je reprends le cliché et mon regard repère aussitôt l'opacité; il ne voit qu'elle; il la voit énorme, d'une évidence monstrueuse. Au fond de ma gorge un petit cri muet me fait mal et ma bouche retrouve le pli de l'enfance, l'immense faiblesse de l'enfance pour pleurer.

Quand j'aurai fini de faire l'imbécile, il ne faudra plus perdre une seconde. On doit toujours lutter, même contre l'évidence. Ce que je commence à vouloir de façon vague, parce que je me sens aussi matraquée qu'un boxeur K.O., c'est un peu d'espoir, juste un peu d'espoir. Au médecin qui pourra me donner cet espoir-là, je m'accrocherai comme une forcenée. Mais qui osera ? Ils me diront tous que je suis aussi bien informée qu'eux, sinon mieux; que ce serait indigne d'eux et surtout de moi.

Moi : une immense faiblesse.

Alors qui ? J'ai envie de hurler, il est plus de midi et demi, je devais rentrer chez moi, j'avais promis aux enfants de déjeuner avec eux; je ne le ferai pas; aujourd'hui je les éviterai.

Mais pourrai-je éviter longtemps l'évidence ? Dès que j'aurai montré ma radiographie à Rivemale, tout le monde ici saura que je suis malade, peut-être foutue. Pas de sursis pour ma vie de femme. Pas le temps de souffler, de mettre mes affaires en ordre. On me fourrera dans la plus belle chambre du service et la ronde des examens commencera.

Gaillant, ne pleurniche plus. Ton petit espoir on le trouvera, à n'importe quel prix. Reprends-toi Gaillant, pour l'instant personne ne sait que ton poumon gauche est affligé d'une opacité d'allure tumorale; pas même Gravond puisque tu lui as dit qu'il s'agissait de ta sœur. Ta sœur, Gaillant, pas toi. Cette sœur imaginaire va pouvoir te permettre de vivre encore normalement pendant vingt-quatre heures ou quarante-huit ou même trois jours si tu le veux. Et pourquoi pas ? Tu ne risques rien, Gaillant. Si l'on doit t'opérer trois jours plus tard, cela ne changera rien à l'affaire. Et tu auras vécu ces trois jours-là à peu près normalement. Trois jours de sursis avec une vilaine peur que tu dois t'efforcer d'étrangler. Agis, Gaillant. Prends ce cliché et cache-le, oublie-le.

Je cherche une enveloppe pour masquer la radiographie sur laquelle Catherine n'a pas pris le temps de marquer mon nom, quand la porte s'ouvre sur la surveillante, Mme Héron.

« On m'a dit que vous l'aviez fait faire. Alors ? »

Tête baissée sur le cliché à moitié enveloppé, je réponds que tout va bien, Dieu merci, et je sors comme une voleuse.

A deux pas de la chambre de Liénard, une curiosité malsaine m'immobilise : vais-je aller chercher dans le regard de Geneviève Liénard, dans son agressivité, le reflet de ma propre panique ? Et si je lui disais à elle, la première, la vérité ? Mais non Gaillant, pour l'instant il n'y a encore aucune vérité. Tout est possible, y compris le pire mais aussi l'espoir.

« Vous avez un instant, Françoise ? »

J'ai failli hurler; je n'avais pas vu arriver Paul Aubagne, un des assistants du service.

« Je vous ai fait peur ?

— Oui. »

Il ne dit pas que j'ai une sale gueule, bravo Aubagne. Il est vrai qu'il me regarde à peine, perdu dans un songe où je n'ai aucune part. Blême, crispé, il me barre le passage de son grand corps musclé. Nous nous connaissons depuis cinq ans, il a exactement mon âge et il pourrait être non seulement professeur agrégé mais patron. Je sais pourquoi il ne l'est pas.

« Si vous voulez bavarder, dis-je, allons dans mon bureau. »

Il referme la porte derrière lui, tire le verrou et reste debout, face à moi qui m'assieds.

« Je fous le camp, Françoise, je quitte l'hôpital.

— Vous lâchez Rivemale ?

— Officiellement oui. Mais en fait c'est lui qui me lâche. Devinez pourquoi. »

Pâques 1971. J'étais en Tunisie pour quelques jours, chez des amis. Splendide villa au bord de la mer; moins étonnante pourtant que celle de nos voisins, un couple de pédérastes qui amusait mes amis. Les soirées organisées par ces deux hommes d'une trentaine d'années, dont l'un était décorateur et l'autre industriel, avaient un franc succès : somptueuses, rarement ennuyeuses. C'est à la fin d'une de ces « party » que j'ai vu entrer Aubagne accompagné d'un adolescent au visage exquis. J'étais si ennuyée pour lui que j'ai voulu fuir. Ennuyée et plus encore étonnée. Jusque-là, Paul Aubagne avait eu le souci constant de préserver sa vie privée. Qui, à l'hôpital, aurait pu soupçonner son homosexualité ? Son physique de catcheur, sa parfaite discrétion ne laissaient prise à aucune équivoque. Je me rappelais qu'il avait été marié et que sa fille, une enfant d'une dizaine d'années, venait parfois l'attendre dans le service. Mais jamais il ne s'était affiché avec un minet.

Curieusement, il avait l'air beaucoup plus à l'aise que moi.

« Je sais pouvoir compter sur votre discrétion, Françoise. »

J'ai répondu que je n'avais rien compris, que je ne comprendrais jamais rien, même si les ploucs de l'hôpital voulaient m'y obliger. J'en faisais trop mais je tenais à le rassurer : je connaissais hélas les préjugés des médecins de notre service.

« Hammamet 1971, dit-il. Vous vous rappelez ?

— Oui. Mais comment Rivemale a-t-il découvert... ?

— J'ai été dénoncé. Par une infirmière du service. Elle me déteste.

— Je suppose que vous n'avez pas fait de confidence à cette femme. Alors ? »

Il m'explique qu'elle a mené une véritable enquête. Elle a cherché, elle a fouiné, et dans ces cas-là on finit toujours par trouver. Une histoire de jeunesse. Un théâtreux que Paul Aubagne a connu il y a vingt ans et qui est devenu aujourd'hui une vedette. Réputation de pédéraste qui ne le gêne pas. Récemment, ce théâtreux s'est fait opérer dans une clinique. L'aide-soignante qui s'est occupée de lui a des liens de parenté avec l'infirmière de Rivemale. Ils ont parlé d'Aubagne.

« Comment le savez-vous, mon vieux ?

— L'infirmière elle-même me l'a dit, elle n'a pas pu s'en empêcher : elle triomphait. C'était il y a un mois. Une semaine plus tard Rivemale me convoquait dans son bureau. Vous connaissez son ton doucereux de vieux moine qui ne boit que de l'eau. Merde, ces bien-pensants, ces malbaisants, ces buveurs de flotte me rendent malade. »

Il me sourit avec ses seuls yeux bruns très doux.

« Que vous a-t-il dit ?

— C'est venu de très loin, sur le ton d'une conversation banale : est-ce que je suis toujours célibataire ? Est-ce que je ne m'ennuie pas ? Et ma fille ? Est-ce confortable pour une adolescente de ne voir son père que de temps en temps ? Est-ce qu'un foyer, un vrai foyer avec une femme et d'autres enfants ?... Non ? Bon. Alors

Rivemale est devenu beaucoup plus précis : ma visite chez les femmes est toujours expédiée au bénéfice de celle des hommes...

— C'est gros.

— C'est énorme, Françoise. Mais ces gens-là sont sans nuance dans leur réaction dès qu'on les choque. Et Rivemale est horriblement choqué par mes mœurs. J'ai feint de ne pas comprendre. Que pouvais-je faire d'autre ? Le traiter de gros imbécile, de raciste, d'effroyable fossile ? Je n'ai rien dit. Mais il n'a pas capitulé. Ce matin il m'a de nouveau convoqué. Prétexte : les grandes vacances. Vous savez que nous avons donné nos dates dès février. J'ai pris juillet, comme je le fais depuis cinq ans à cause de ma fille que j'emmène en Bretagne. D'une année sur l'autre, je renouvelle ma réservation à l'hôtel où nous descendons. Eh bien, Rivemale m'a annoncé tout à l'heure qu'il ne pouvait pas me donner juillet, ni août évidemment puisque c'est lui qui le prend. Fin septembre ou début juin, au choix. Une façon de me dire foutez le camp, je ne veux plus de vous.

— Croyez-vous ?

— Oui. Je n'ai même pas discuté. Je ne lui ai même pas fait remarquer qu'il me serait impossible d'emmener ma fille, une lycéenne, en juin ou fin septembre. Je lui ai donné ma démission.

— Sans vous battre ?

— A quoi bon ? »

Je ne dis pas je vous regretterai Aubagne, je n'ose pas. Car en fin de compte je m'en fous. Je ne pense qu'à moi. Je n'ai pas cessé de penser à moi depuis que j'ai quitté la salle de radiologie. Mon malheur, mon drame, mon enfer.

Moi moi moi. Si Aubagne m'avait, hier, raconté la même histoire, j'aurais peut-être cherché une solution à son problème; j'aurais peut-être convoqué quelques médecins de l'hôpital, ceux qui ne sont pas encore dévorés par ce puritanisme qui règne ici, par cette peur médiocre de sortir des convenances. Je leur aurais demandé de défendre Paul Aubagne publiquement, de défendre son droit à être homosexuel. Mais qui aurait accepté de le faire ? En tout cas pas Fournel, le prudent psychiatre. Ni Chabret, le petit arriviste.

« Je suis heureux que vous, vous sachiez, dit Aubagne. Ils ne m'ont pas nommé à l'agrégation à cause de cela. Et pourtant, ils n'avaient que des soupçons. Pas la moindre preuve. Un bon point pour eux néanmoins : ils n'ont pas fait part à Rivemale de leurs soupçons, sinon ce vieux salaud ne m'aurait jamais pris dans son service. Je suis un pestiféré, Françoise. Si Rivemale le pouvait, il m'interdirait d'exercer la médecine. Le regard qu'il m'a lancé tout à l'heure. Comme si j'étais un reptile.

— Qu'allez-vous faire ?

— De la clientèle. J'aimais l'hôpital, nous aimons tous. »

Sa voix s'étrangle mais il se reprend aussitôt, rompu à une gymnastique d'impassibilité.

« Ma carrière est foutue mais du moins je vais maintenant gagner du fric, beaucoup de fric, Françoise. J'ai la possibilité d'entrer dans un cabinet de groupe, à Neuilly. »

Il verra vingt à trente patients par jour, il pensera à ses honoraires avant de penser aux malades, et comme il n'a pas la solidité d'un vil commerçant tout finira par une dépression.

Au lieu de combler des minets, Aubagne s'offrira un psychiatre, c'est la mode. Je connais une bonne dizaine de médecins surmenés qui en sont là.

Je me lève, j'embrasse Paul Aubagne sur les deux joues. Je lui dis n'oubliez pas mon téléphone, faites-moi signe très vite et aussi souvent que vous le désirez. Et bien sûr, je me sens lâche mais incapable de ne l'être pas.

Je l'accompagne jusqu'au bout du couloir où Yvonne, une infirmière, est en train de crier mon nom.

« Je vous ai cherché partout, madame Gaillant. Votre fille a téléphoné, elle est folle d'inquiétude. Elle vous attendait pour déjeuner. Vous devriez la rappeler. »

Je refais le trajet en sens inverse, Yvonne sur mes talons. Elle est rousse avec un nez minuscule et une poitrine de garçon.

« Je voulais vous demander, madame Gaillant : la pilule, est-ce que c'est dangereux ?

— Non.

— Alors tous ces bruits qui courent : le cancer et...

— Foutaises. »

Et je m'arrête, je la regarde. Sa timidité rougissante, son manque de jeunesse malgré son manque de maturité.

« Ça vous fait peur le cancer, Yvonne ?

— Ça fait peur à tout le monde. C'est horrible. Des cancéreux, j'en vois mourir tous les jours; je ne m'habitue pas.

— Ne cherchez jamais à vous habituer à cela. »

Elle me lance un regard inquiet, mais j'ouvre la porte de mon bureau et je la referme au ver-

Téléphone raccroché, je reste un long moment, tête dans mes mains, sans autre pensée précise que celle d'une femme encore jeune à qui l'on répète inlassablement vous n'avez plus d'avenir.

Et brusquement je me lève, je sors de mon bureau pour filer vers la chambre de Geneviève Liénard, comme si une nécessité impérieuse m'y appelait. J'ai beau me dire que c'est du vice, que c'est tout à fait inutile, rien ne peut m'arrêter.

Me voici assise face au lit, face à une femme aux yeux immenses, très maquillés et qui s'efforcent de me sourire. Geneviève Liénard me dit que depuis la visite de Fournel, il y a trois jours, elle s'est fait un shampooing, elle a loué un téléviseur, lu deux romans policiers et essayé de manger normalement. Puis elle se redresse dans une ravissante chemise de nuit parme, qu'elle entrouvre sur sa maigre poitrine.

« J'ai pris cinq cents grammes, docteur.

— Parfait. Quand sortez-vous ? »

Et son sourire se fige. J'ai l'impression de voir l'épaisse couche de fond de teint tomber en poussière : le visage de Liénard est redevenu brutalement pâle, inquiétant.

« Je ne veux pas rentrer chez moi, murmure-t-elle.

— Vous êtes guérie. Vous ne pouvez plus rester ici. Dans une huitaine de jours, au plus tard, vous devrez partir.

— C'est impossible. »

Fournel n'est pas allé très loin. Piètre résultat. Mais pourquoi ne l'a-t-il pas prise dans son service ?

« Je suppose que vous n'avez pas revu votre mari ni vos enfants ? »

rou, derrière moi. Mon comportement commence à devenir aberrant.

Au bout du fil, la voix de ma fille me paraît lointaine, comme étouffée.

« Tu devais déjeuner avec nous, Maman. J'ai imaginé le pire, un accident. »

Comment réagira Elisabeth quand je lui dirai que je suis malade, qu'il faut en tout cas m'opérer ? Lorsqu'elle avait neuf ou dix ans, elle glissait sous la porte de ma chambre de courts billets : « Maman je t'aime, ne l'oublie pas. » Aujourd'hui elle dit : « J'ai de ces pressentiments à la con, mais c'est plus fort que moi : j'ai peur pour toi. »

« Je déjeune à la cantine, Elisabeth. Et ensuite je dois passer encore un moment à l'hôpital. Ne m'attends pas. »

Elle se plaint qu'elle est déçue : elle voulait me raconter sa matinée, une rencontre importante avec un homme qui l'a « violemment impressionnée ».

« Maman, tu m'entends ? »

Je l'entends mais je ne l'écoute plus. Je suis entièrement tournée vers moi. Je vais être désormais entièrement tournée vers moi. Seule pour lutter.

« On se verra ce soir, Maman ?

— Non, je dîne dehors. »

Avec Daniel, un autre problème. Il faudra lui expliquer que. Impensable de lui révéler la vérité. Je ne lui dirai donc rien si ce n'est que je ne pars plus avec lui, que nous ne nous reverrons plus.

« Maman, il y a quelque chose ?

— Oui, il y a quelque chose : je suis fatiguée. Nous nous verrons demain, Elisabeth. »

les yeux de Mme Carassone. Parce que je ne sais plus être convaincante, parce que je suis moi-même bouleversée, Geneviève Liénard me hait comme elle hait son cancer; lui et moi, nous sommes désormais indissociables. Elle ne peut le vivre qu'en m'imputant la responsabilité des conséquences qu'il entraînera. Et si je renonce à lui rendre visite, elle n'aura de cesse que je revienne. Elle a besoin de moi pour me parler de sa haine pour lui. Chabret ? Chabret ne compte pas, ni Fournel. Je suis seule concernée, moi la paumée, l'entrante dans le grand troupeau des malades, la femme qui refuse farouchement tout diagnostic qui pourrait la faire basculer dans le clan des incurables, celle qui va désormais supplier qu'on lui cache la vérité.

Tandis que j'examine la courbe de température puis le traitement prescrit par Fournel, le regard de Liénard ne me quitte pas et je la sens tendue, prête à m'agresser de questions déplaisantes.

« Aimeriez-vous aller dans une maison de repos ? »

Elle est aussitôt sur la défensive, corps penché en avant, ses deux mains agrippées à la couverture.

« Une maison de repos ? Qu'est-ce que ça signifie ?

— La chose la plus simple qui soit : on s'y repose après une importante intervention, comme celle que vous avez eue; on y passe en toute tranquillité sa convalescence. Des médecins sont là pour vous surveiller.

— Et guetter une complication; une métastase, par exemple. »

Je prendrai tout de même le temps d'aller

Elle m'avoue qu'ils sont venus mais qu'elle a refusé de les recevoir. Une scène atroce. Dans sa chambre elle criait, dans le couloir les enfants sanglotaient. Et l'infirmière allait de l'une aux autres. Le mari a voulu forcer la porte : Geneviève Liénard s'est réfugiée dans son cabinet de toilette, s'enfermant.

« Pourquoi ? »

Elle pleurniche mon cancer, je ne peux pas leur imposer cela.

« Votre cancer, vous ne l'avez plus : on vous l'a enlevé complètement. »

Je me répète mais aujourd'hui ma voix manque de chaleur, de conviction : paralysée par le trac. Car c'est la première fois que je réussis à me mettre vraiment à la place de Liénard, dans sa peau, dans son esprit chaviré. Et je comprends soudain que lorsque je serai devenue une « horizontale », j'exigerai de mes médecins beaucoup plus que de molles paroles de réconfort.

« Avez-vous revu M. Chabret ? »

Elle fait non de la tête et me dit qu'elle aimerait fumer. Je lui tends mon paquet de gitanes, j'allume sa cigarette, elle tire une bouffée et se met à tousser.

« La cigarette du condamné, suffoque-t-elle. Je suis fichue, n'est-ce pas ?

— Non. Non non et non.

— Si je n'étais pas fichue, vous m'interdiriez de fumer.

— Si je vous interdisais de fumer, vous penseriez que c'est parce que vous êtes fichue; parce que votre cancer n'est pas guéri. »

Dans le regard qu'elle coule vers moi, je surprends une brève lueur qui ne peut être que de la haine, cette haine que j'ai vue ce matin dans

DANIEL. Je ne voulais pas retourner dans cet appartement désuet qui est le sien et où il a l'air de camper. Il a insisté à cause d'un civet de lièvre qu'il préparait depuis la veille. J'ai donc revu les pots de fleurs devant les fenêtres de son rez-de-chaussée, le gros chat gris qui s'est faufilé entre mes jambes en me faisant une peur idiote, et j'ai trébuché carrément en traversant la cour où un gosse de six ans déguisé en flic braquait sur moi un revolver doré. Mais ce soir, Daniel m'a épargné la visite de son « musée » : son salon envahi d'un bric-à-brac étonnant et qui ferait le bonheur du pêcheur professionnel le plus exigeant.

J'ai bu deux whiskies l'un après l'autre parce que c'était pour moi la seule façon de ne pas fuir. Daniel a paru surpris : il m'avait toujours vue fidèle à l'Evian.

« Tu aimes cette saleté ?

— Non, mais j'en ai besoin.

— Quelque chose ne va pas ?

— Mon appétit, c'est tout. »

Je suis lâche évidemment. Mais je n'ai jamais su rompre avec désinvolture. Or il est exclu que je révèle à Daniel la vérité : ma radiographie, le diagnostic de Gravond, ma panique, le pire. Daniel n'est pas du tout l'homme qui convient pour le pire. Il ne m'accepterait pas en faible femme, en paumée larmoyante. Ce qui le fascine c'est le médecin, le professeur agrégé Gaïllant.

Ses questions sont naïves et incessantes, mais je ne cherche plus à me dérober; ce soir je n'ai rien d'autre à lui offrir.

« Généraliste, ça veut dire que tu soignes à peu près toutes les maladies ?

— Ça veut dire que j'ai commencé par une spécialité, la pneumologie, pour laquelle il venait de se produire un miracle : les antibiotiques. On meurt encore de tuberculose mais de plus en plus rarement. Soignée à temps, on la guérit aujourd'hui en deux mois.

— Alors pourquoi avoir choisi la pneumologie ?

— Parce que j'étais folle de Delattre, mon premier patron. C'était le numéro un en pneumologie et en cancérologie broncho-pulmonaire. Quand il est mort, je suis entrée chez Rivemale qui avait un service de médecine générale; il m'a confié une partie indépendante de ce service, où je fais ce que je veux. Il a tout de même fallu que je m'adapte. J'ai soif. »

Au lieu d'emplir mon verre, Daniel prend mon assiette et se met à couper son contenu en morceaux minuscules. Puis il me regarde saisir la bouteille de bordeaux et verser délicatement le liquide transparent, presque rose.

« Ton ancien patron, dit-il, ce Delattre, c'était si bien que ça ?

— Un roi.

— Mais un roi c'est con, proteste Daniel.

— L'exception : c'était un roi supérieurement intelligent. Et quand il entrait dans une salle, sa capote simplement posée sur les épaules, et suivi de ses assistants, des internes, des externes, il avait tellement de classe que les malades étaient sur le point d'applaudir. »

Daniel rit. Un rire dur. Des dents larges et luisantes. Un œil morose.

« Tu étais amoureuse de ce Delattre, c'est tout bête.

— Je n'aurais pas pu coucher avec lui. Il me terrorisait, je l'admirais, j'acceptais tout de Delattre. J'aurais refusé qu'il me touche. Je peux fumer ?

— Tu n'as pas assez mangé. Le dessert. J'ai fait une tarte. »

Il se lève dans un jean et une chemise de sport, col ouvert sur un torse musclé. Il aime son corps, sa minceur, sa démarche de jeune fauve. Et le regard de biais que je pose sur lui le ravit. Le meilleur moment de sa soirée, je lui dois ça.

Mais la tarte, c'est au-dessus de mes forces. Je vais partir sans explication, sans trémolo, lâche jusqu'au bout. Me voici debout, la main sur mon manteau, quand Daniel revient, portant la tarte.

« Où vas-tu ? »

Je me sens rougir. Quarante-quatre ans, Gaillant, c'est ton âge; tu as dépassé depuis longtemps celui des minauderies. Alors montre-toi brutale comme tu sais l'être quelquefois. Après tout, ce type n'a été ton amant que pendant quelques jours, un bref épisode dans ta vie, juste une griffure. Et merde.

« Nulle part », dis-je en me rasseyant. Mais

mon orgueil se révolte et j'agresse aussitôt Daniel : « Comment s'appelle ton fils ? »

Il reste silencieux pendant plusieurs secondes, puis son rire dur.

« Tu cherches à gâcher ma soirée, Françoise ? »

Je cherche tout bêtement une issue à cette soirée inutile que j'aurais dû passer chez moi avec des tranquillisants. Et je me sens devenir suavement méchante.

« Si tu refuses encore de me parler de ton fils, j'en déduirai que c'est suspect.

— Mais c'est suspect, Françoise, tout à fait suspect. Je suis jaloux de mon fils parce qu'il a dix-neuf ans, parce qu'il est beau, parce qu'il jouit d'une liberté que je n'ai pas eue à son âge; parce qu'il est brillant; parce qu'il fait avec aisance des études pour lesquelles je n'étais pas doué. Cela dit, il s'appelle Stéphane, il a une demi-tête de moins que moi et une petite amie mathématicienne. Lui-même prépare une licence de sociologie et il est inévitablement gauchiste. Nous nous rencontrons trois ou quatre fois par an dans un bistrot. Ça dure une heure, rarement deux, et il me faut ensuite plusieurs jours pour m'en remettre. Ce type m'exaspère comme m'exaspèrent tous les adolescents qui jouent mollement à contester. Il me semble que si j'avais dix-neuf ans aujourd'hui, c'est flinguer mes vieux dont j'aurais envie. Flinguer mes vieux pour les punir de m'avoir jeté dans cette société branlante. »

Je regarde la tarte aux pommes caramélisée en pensant que Daniel n'est pas très intelligent. Mais n'est-ce pas ce que j'ai toujours cherché : un amant-bête ?

« Ce qui me choque dans la révolte de ces

mômes, poursuit-il, c'est son côté fanfare de province : un flonflon. Le jour où ils se mettront à tout faire sauter, je serai avec eux. »

Il plante un couteau dans la tarte comme s'il se préparait effectivement à tout faire sauter.

« En somme, dis-je, tu parles comme ces vieux réactionnaires que tu méprises. Tu dis la jeunesse d'aujourd'hui, comme s'il n'y en avait qu'une. Mon fils, par exemple, a la nostalgie de la société d'avant-hier. Ce qu'il conteste c'est sa trop grande liberté.

— Ton fils ne m'intéresse pas. Pas plus que le mien. »

Je me lève et il s'étonne :

« Tu es blessée ?

— Fatiguée, Daniel, tout au plus. Je rentre chez moi.

— Il y a autre chose, je le sais depuis le début de la soirée.

— Autre chose, oui. Je m'ennuie avec toi, je perds mon temps avec toi. Je renonce à partir avec toi, à te revoir. »

J'ai parlé très vite en écoutant avec agacement cette petite voix blanche et ridicule sortir de ma gorge. J'allume une cigarette, mon regard est entièrement occupé par cette cigarette que je fais aller vers ma bouche à un rythme trop rapide. Daniel me tend un cendrier.

« Assieds-toi, Françoise, s'il te plaît. »

J'obéis, retenant dans mes gestes et sur mon visage quelque chose d'irrépressible qui doit s'appeler le désespoir.

« Regarde-moi, Françoise, s'il te plaît. »

Je le fais. Daniel est pâle, ses lèvres minces barricadées sur une denture qu'il exhibe pourtant volontiers.

« Quel gâchis, Françoise. Et pourquoi ?

— Nous sommes deux vieux cons, tu l'as toi-même reconnu. La lassitude est la seule justification décente à la rupture d'une aventure entre deux vieux cons.

— Je ne suis pas las, moi.

— Il suffit qu'un des deux le soit.

— Oh ! cesse d'être une sacrée bonne femme raidie par la dignité. Ton âge t'empoisonne comme s'il s'agissait d'une maladie. Tu as peur d'être naturelle parce que tu n'as plus vingt ans. Tu voulais savoir pourquoi je fuis les adolescents, y compris mon propre fils ? Eh bien c'est à cause de ce mal honteux dont nous souffrons nous qui ne sommes plus jeunes, nous qui sommes enfermés dans une sorte de ghetto par eux qui le sont, jeunes, terriblement. Parce que j'ai quarante-quatre ans, je n'ai plus le droit de souffrir d'amour, de te supplier de rester, d'exiger une explication logique à ton départ. Je n'ai plus le droit d'être excessif, d'être fou et désespéré. Quelle défaite. Quelle connerie. »

Il est debout, très droit, face à moi. Je dois être maintenant aussi pâle que lui, visage en déroute.

Je me lève et file vers le vestibule, manteau jeté sur les épaules. Daniel aura été mon dernier amant, le dernier homme pour qui j'aurai été tout à fait une femme.

Il ne m'a pas suivie. J'ouvre la porte et la referme derrière moi, doucement. Je suis délivrée, seule, libre. Libre de me laisser envahir tout entière par ma frousse.

JE ne pourrais pas affirmer que j'ai dormi. J'étais allongée, dans l'obscurité, sur mon lit, et par instants les détails de ma conversation avec Gravond, dans la salle de radiologie, traversaient mon sommeil avec une brutalité et une netteté qui m'obligeaient à me redresser, tremblante, le visage baigné de sueur. A un moment j'ai crié non, comme une démente. Mais la scène s'imposait avec une vigueur irrépressible : « Je parie pour un cancer du lobe supérieur gauche, lançait Gravond. Un abcès ? Vous plaisantez. C'est ce que vous direz à votre malade quand vous lui proposerez une intervention. »

Et l'aube est venue. Les yeux ouverts, j'ai vu le jour s'installer peu à peu dans ma chambre. Tout entière crispée, je continuais de refuser ce face-à-face avec un réel détestable. Mais je sentais que le souvenir de ma radiographie essayait de se frayer un chemin vers ma conscience et que s'il parvenait à ses fins, je resterais braquée sur cette opacité du lobe supérieur gauche, cette opacité que je devrai un jour ou l'autre appeler cancer.

Alors je me suis levée, j'ai pris une douche presque froide et je suis allée dans mon bureau où, dans un tiroir, est enfermée la radiographie de mes poumons. J'ai balancé un instant : si je la montrais aujourd'hui à Rivemale, je prenais une chance sur cent pour qu'il me rassure. J'ai préféré le sursis. Je suis sortie de l'appartement sans avoir rencontré mes enfants, et j'ai traîné le long des quais des jambes rigides comme celles d'un mannequin de bois avant de venir échouer à l'hôpital, dans le bureau des secrétaires.

On y boit le meilleur café du service. C'est en tout cas l'endroit qui me paraît le moins éprouvant pour commencer ma matinée. La pièce est vaste et dévorée de soleil. Je m'installe dans un fauteuil à bascule, face à Christiane qui est occupée à se maquiller les yeux.

« Vous avez vu la gueule de Martine ? chuchote-t-elle.

— Vous avez vu la mienne ? »

Elle immobilise son bras, brosse à cosmétique en l'air, pour me regarder.

« Il vous manque votre fond de teint mais ça n'est pas une catastrophe. Moi, sans maquillage, je fais peur aux enfants. »

Quand Martine m'apporte une tasse de café, j'examine son visage ni laid ni joli mais d'habitude clair, serein. Ce matin elle a le teint brouillé et les yeux gonflés.

« Vous avez pleuré, Martine ? »

Et elle recommence. J'attrape ma tasse au vol; elle allait la renverser. J'entends Christiane qui la morigène :

« Tu es trop gourde. Raconte ton histoire à Mme Gaillant; elle pourra te donner un conseil. »

Mais Martine est incapable de parler : elle sanglote.

« Elle a fait l'amour hier soir, dit Christiane, et elle avait oublié de prendre sa pilule »

Je tends un kleenex à Martine.

« Vous l'avez prise ce matin ? »

Elle fait oui de la tête avec un hoquet.

« Alors tout va bien. Reprenez-en une ce soir et vous aurez vos règles normalement.

— Quelle est l'idiote qui a peur d'être enceinte ? »

Je n'ai pas besoin de tourner la tête : cette voix-là ne peut appartenir qu'à Coco. Un pur accent de Belleville avec des bonds savoureux du grave à l'aigu.

Coco c'est Colette Grisons, l'infirmière des consultations, le personnage du service. Un problème délicat ? On le confie à Coco. Une tâche difficile ? Seule Coco peut s'en charger. Un malade indiscipliné ? On lui envoie Coco. Elle est indispensable et elle le sait.

Petite, boulotte, très brune, maquillée comme une cover-girl, elle vient se planter devant moi, cigarette entre deux doigts.

« Ne me dites pas que vous attendez un troisième enfant, madame Gaillant. »

Je réponds qu'il serait un peu tard et que, de toute façon, la pilule, je connais.

Elle aussi. Elle le dit à tout propos, elle le clame dans les couloirs de l'hôpital, et ce matin elle refait pour moi son numéro.

« Je la prends depuis six ans, madame Gaillant. Ça a changé ma vie. Quand je pense que des imbéciles, des médecins de l'hôpital, si si ils ne sont pas mieux qu'ailleurs soyons franches, quand je pense qu'ils m'ont dit vous avez tort Coco la pilule c'est dangereux le cancer les hépatites et j'en passe, il y a de quoi se marrer. Mais quand je vois des nanas aller consulter des hommes gynécologues, alors là j'ai envie de hurler. Parce que ces ploucs, ces horribles, ces égoïstes, ces affreux refusent de comprendre les problèmes d'une femme qui a peur d'être enceinte. Moi, depuis six ans, avec mon bonhomme nous faisons l'amour comme des rois. Plus d'inquiétude, plus besoin de me lever pour filer vers la salle de bain. Je ne pense qu'à une chose : mon plaisir. Mais les puritains de l'hôpital n'admettent pas. Givert, par exemple, le cardiologue, vous le connaissez madame Gaillant, ce petit roux avec une moustache tombante, Givert à qui je demandais une ordonnance parce que je n'avais pas le temps d'aller voir ma gynéco, Givert me sort : « Pourquoi « tu prends la pilule, Coco ? C'est pour tes « bouffées de chaleur ? — Ma ménopause je « dis, ma ménopause à quarante ans à peine « vous divaguez, si je prends la pilule c'est « pour pouvoir jouir en paix. — Jouir qu'il « me fait, tu pourrais tout aussi bien sans, « moi, je ne la donne pas à ma femme. — « Eh bien je ne voudrais pas être à sa place je « dis, elle doit pas rigoler tous les jours la mal- « heureuse, surtout que vous lui avez déjà fait « cinq enfants et tous rouquins ». Mes bouffées de chaleur ah ! non.

— Mais, des enfants, vous en avez tout de même, Coco.

— Un seul, madame Gaillant, un seul. J'avais trop peur de faire comme ma mère. Neuf gosses. Avec la grand-mère, on était douze à table à la maison. Un boulot d'enfer pour Maman. Et un déchirement pour moi. Parce que j'étais la seule à savoir que c'était quelqu'un ma mère; elle aurait pu faire une carrière d'artiste. Fine,

sensible, avec un joli coup de pinceau. Mon père ne s'en apercevait même pas. Il est mort, que Dieu s'en occupe, mais ça ne m'empêchera pas de dire que s'il ne lui avait pas fait autant d'enfants, elle aurait eu le temps de lire ses livres, de faire ses dessins, d'écouter de la grande musique. Mais non, elle torchait, elle trimait comme une esclave. Et je vais plus loin : si elle avait pu prendre la pilule et qu'elle n'ait eu qu'un seul gosse et que ce soit moi, au lieu de faire infirmière j'aurais pu devenir docteur. Elle aurait eu l'argent pour me permettre de continuer mes études. Je ne suis pas plus bête qu'une autre ah ! non, pas plus que ces médecins givrés qui disent que la pilule est dangereuse. Moi, la pilule, je la recommande en douce à toutes les bonnes femmes que je rencontre au service des consultations. « Vous avez peur d'a-
« voir des enfants je dis, et vous ne savez pas
« comment faire pour les éviter ? » Si elles ont l'air paumé, je m'arrange pour leur obtenir une ordonnance. J'ai même pensé à créer un centre d'information. Entre femmes, il faut s'aider.

— Le M.L.F., dit Christiane qui vient de ranger sa trousse à maquillage, tu devrais t'inscrire au mouvement de libération de la femme.

— Tais-toi donc, proteste Coco, ces fumistes-là sont toutes plus ou moins hystériques. Ce qui les intéresse c'est de s'exhiber. Mais si tu es dans la débine sans rien offrir de spectaculaire, tu peux crever avant qu'elles consentent à t'aider. »

Chabret vient d'entrer, il a entendu la dernière tirade de Coco et ne retient pas une grimace. L'hostilité qui les oppose elle et lui est totale.

« Je vous cherchais, madame.

— Eh bien, vous l'avez trouvée, réplique Coco. Votre patronne buvait un café; vous avez quelque chose contre ? »

Il ne répond pas mais rougit. Je me lève :

« Un ennui, Chabret ?

— Oui. Chez les femmes. Une des cirrhoses, celle qui fait une décompensation hépatique sévère. »

Nous avons quatre alcooliques dans la salle des femmes, quatre alcooliques qui vont sans doute mourir, et la plus jeune a trente-quatre ans, celle qui précisément s'offre un ictère en même temps que sa cirrhose.

C'est la troisième fois en deux ans qu'elle revient dans mon service. Comme presque tous les alcoolomanes, elle n'a jamais voulu tenir compte de mes avertissements. Autrefois j'insistais, je trouvais une patience tenace pour essayer de les convaincre. Aujourd'hui j'ai renoncé à me battre. J'informe en termes précis dès la première alerte : plus une goutte d'alcool, même s'il s'agit d'une bière légère, sinon c'est la cirrhose et l'enchaînement irréversible; au bout, la mort et dans de sales conditions. Si on ne veut pas m'entendre, je ne me répète pas. Ce manque de combativité me navre, même aujourd'hui où je sais qu'il me faut mobiliser toutes mes forces contre un diagnostic déchirant.

Avant d'entrer dans la salle des femmes, Chabret me dit :

« Elle vous a réclamée, elle a pleuré. Elle est très affaiblie par les hémorragies. Entre hier soir et ce matin, elle a eu quatre flacons de sang. »

Elle s'appelle Aline Vonet. Elle a trois enfants, un mari fonctionnaire aux P.T.T., un appartement confortable dans le XIIe arrondissement et rien d'autre pour tuer le temps qu'elle ne supporte plus à jeun.

Je soulève les couvertures. Le ventre est gonflé comme celui d'une femme qui va accoucher. Elle gémit : « Sauvez-moi docteur », visage jaune comme ses cheveux oxygénés. Visage détérioré. Une femme ? Non, Aline Vonet, trente-quatre ans, n'a plus rien d'une femme.

« On fait le maximum pour vous sortir de là. Pourquoi avez-vous recommencé ?

— Je ne sais pas. »

Elle alterne vin et bière dès huit heures du matin. Quand son mari rentre du bureau, il est obligé de la coucher avant de s'occuper des enfants. Il le fait sans colère, avec application et un vif sentiment de honte qu'il m'a avoué, lèvres tremblantes, larmes retenues. Il disait et nos voisins et mes parents quand ils viennent nous voir ? J'ai envie de me cacher, mais elle s'en fout, rien ne l'arrête, elle me tue. Il ne pensait même plus aux enfants. Les enfants se sont habitués : Maman est malade, Maman est malade tous les soirs et Papa la couche. Maman va mourir parce qu'elle est malade.

Chabret m'interroge du regard et je hausse les épaules.

« Continuez les perfusions, sang et plasma alternés. »

Ma tournée des cirrhotiques. Je m'arrête devant un autre lit gonflé par le ventre de Janine Pourchard, quarante ans, ouvrière dans une usine, mariée, quatre enfants, denture en déroute. La dernière fois que je l'ai autorisée à rentrer chez elle, avec la recommandation habituelle plus une goutte d'alcool etc., elle m'a juré qu'elle se mettait à l'Evian. Elle a tenu huit jours. Puis son mari l'a fait rechuter : il est lui-même alcoolique. A l'usine qui l'avait employée et où elle s'est représentée avec son ventre difforme, on l'a réembauchée. Le rendement d'abord, les questions et les examens ensuite. Elle mourra bientôt.

Elle me sourit, sa grande bouche bâillant sur trois chicots.

« Elle va mal la Vonet, chuchote-t-elle. Pas pu dormir la nuit dernière : il n'y en avait que pour elle.

— Si vous ne vous cramponnez pas à l'Evian, ce sera bientôt votre tour. »

Elle rit très fort.

« Vous blaguez, docteur. »

Elles ne vous croient jamais. Ils ne vous croient jamais. L'horreur, la mort, c'est pour les autres.

Mais ne suis-je pas comme eux ? L'horreur, la mort, je n'en veux pas, même si demain dix médecins me prouvent que j'ai un cancer du poumon.

« Votre consultation, madame, me rappelle Chabret. Ils sont tous là. »

« Ils », ce sont mes malades, ceux qui ont le privilège de pouvoir espérer en toute innocence.

Dans le couloir, les externes m'attendent. Je suis encore le professeur agrégé Gaillant, une « verticale » qui au sein de l'hôpital joue un rôle important. Plus pour longtemps.

Le jour où Julien est né, j'ai pensé complaisamment à ma mort. Je n'avais pas encore trente ans et je me sentais ce jour-là rompue, usée. Ce petit paquet fragile et laid qu'était mon fils, j'avais la conviction que je ne le verrais pas se transformer en homme; que la vie me serait enlevée bien avant. Et curieusement je n'en éprouvais ni angoisse ni amertume. Le miracle, me disais-je, le miracle ce serait que je puisse assister à son douzième anniversaire. Or Julien a aujourd'hui quinze ans et je suis toujours là. Mais cette fois je ne flirte plus complaisamment avec l'idée de ma propre mort; je la fuis farouchement. Parce qu'elle a cessé d'être séduisante pour devenir menaçante.

Et Julien qui me fait face — depuis hier il est grippé et ne va pas au lycée — Julien essaie en vain de comprendre ce regard avide que je promène sur lui, sur ses cheveux ras, sur ce duvet naissant qui assombrit ses joues et sa lèvre supérieure, sur ses grandes et fortes mains qui sont devenues, avant le reste, des mains d'homme.

Depuis combien de temps ne l'ai-je pas vu vraiment ? Quelques jours ? Plusieurs semaines ? Ils sont comme ça, ils vous laissent à peine le temps de fermer les yeux, de regarder ailleurs, et hop ils sont là avec un nouveau visage, une nouvelle voix. Mais chez Julien persiste la même obsession : celle de rester un enfant protégé. Protégé par qui, Seigneur ? Je n'ai pas su être une mère, et le peu que je lui donnais jusqu'ici je vais probablement le lui reprendre pour le fourrer dans mon cirque personnel, dans ma lutte pour survivre.

« Oncle Pierre-Henri a téléphoné trois fois dans la matinée, me dit-il. Il prétend que c'est très grave. Tante Régine malade ou je ne sais quoi. Il insiste pour que tu passes chez eux le plus vite possible. »

Je reconnais là mon frère : *tu dois*, Françoise, faire un saut chez moi toute affaire cessante; c'est probablement ce qu'il me dira. Et c'est effectivement ce qu'il me dit quand je l'ai au bout du fil.

« Régine couchée ? De quoi souffre-t-elle ?

— Impossible de t'en parler par téléphone, Françoise. Je t'attends. Tu ne peux pas ne pas venir.

— Tu iras ? me demande Julien.

— Comment faire autrement ?

— Tu m'emmèneras ?

— Je préfère que tu ne sortes pas. Tu as pris ta température ?

— Si j'avais beaucoup de fièvre, est-ce que tu serais inquiète ?

— Qu'est-ce que ça veut dire, Julien ? »

Inquiète, je le suis soudain et c'est si évident qu'il sourit.

« Je voulais savoir si tu m'aimais. Je n'ai que 37,8.

— Julien, tu m'ennuies. Je vais t'informer une fois pour toutes : je t'aime, tu es mon petit enfant, tu as une place très importante dans ma vie.

— L'essentiel c'est que je le ressente le plus souvent possible, tu comprends ? Sinon je suis perdu. »

Sa voix a changé, aujourd'hui très grave, et ses yeux clairs reflètent une sorte de défi inquiétant. Mon fils. Il est face à moi, plus grand que moi, avec deux grosses pattes qu'il pose sur mes épaules. Il répète : « Sans ça je suis perdu, tu comprends.

— Lâche-moi, Julien.

— A ce soir, Maman. Nous t'attendrons, Elisabeth et moi. »

Et je n'aurai rien à leur dire. Et je devrai étouffer ma peur. Parce que si je la laisse deviner, ça deviendra insoutenable.

Pierre-Henri et Régine n'ont pas changé d'appartement depuis qu'ils sont mariés. Leur fidélité aux êtres et aux objets s'étend à la crasse des murs et au délabrement du plafond de la cuisine où mon frère me fait entrer parce que toutes les autres pièces sont occupées par les enfants; et sa chambre par Régine, alitée.

« Tu peux me dire ce qu'elle a ?

— Je peux. Tu veux boire quelque chose ? »

Je lui demande un verre d'eau et un chiffon pour essuyer la chaise où je vais m'asseoir. Les cinq étages sans ascenseur m'ont brisée.

Appuyé à la fenêtre, teint verdâtre, cheveux plus que jamais ébouriffés, Pierre-Henri parle d'une voix morne en fixant le carrelage ébréché au-dessus de ma tête. Il dit que depuis quelques jours sa femme est déprimée : crises de larmes pour des vétilles, dégoût de la nourriture, manque d'intérêt pour tout; en bref, une dégringolade spectaculaire. Hier Régine a refusé de se lever et de s'alimenter. Aujourd'hui c'est plus grave : les enfants n'ont pas le droit d'entrer dans sa chambre et elle ne l'accepte, lui, qu'avec réticence.

« C'est un psychiatre qu'il lui faut, pas moi. »

Mon frère balaie ma proposition d'un grand geste théâtral :

« Si je t'ai fait venir c'est précisément parce que je ne veux pas qu'elle s'embarque dans une psychothérapie. Ce serait tout à fait inutile. Parce que sa dépression a une cause précise contre laquelle un psychiatre ne pourrait rien, hélas ! C'est donc autrement qu'il faut agir.

— Bon. Alors cette cause ? »

Il se mordille un pouce puis l'autre. Il tourne autour de ma chaise et sa voix se fait plus sourde :

« Depuis combien de temps n'as-tu pas vu Jérôme ? »

C'est son second fils, dix-sept ans, brillant dans ses études, timide, sans histoire. Il a toujours été le préféré de sa mère.

Je réponds six mois, peut-être plus, et je m'aperçois soudain que je n'ai pas vu Jérôme depuis deux ans. Il ne vient jamais chez moi et je vais très rarement chez mon frère.

« Eh bien, dit-il en m'offrant son dos étroit et légèrement voûté, il a changé. Tu sais à quel point nous sommes libéraux avec nos enfants, je peux même dire compréhensifs. Bon. Il y a plus d'un an, Jérôme a commencé à sortir le soir avec des copains. Rien à dire. Il est rentré de plus en plus tard. Nous n'avons rien dit. Depuis trois mois il découche et nous ne le voyons que deux ou trois fois par semaine. Je lui ai fait comprendre que ça m'ennuyait à cause de ses études, de son bac qu'il doit passer en juin. Il a fait un effort pendant une semaine puis tout a recommencé. Enfin il y a quelques jours, Régine a découvert dans sa chambre des lettres. Des lettres d'amour pleines d'obscénités et de fautes d'orthographe, signées Jacqueline. J'ai donc fait une petite enquête : c'est chez cette fille que Jérôme passe ses nuits, elle a trente-cinq ans et c'est une putain professionnelle. »

La voix est de plus en plus sourde, le dos plus rond. Je tire deux bouffées d'une cigarette avant de l'écraser, tendue pour ne pas tousser. Je demande :

« Est-ce que c'est un drame ? »

Pierre-Henri fait brusquement volte-face, visage décomposé.

« Tu plaisantes ? »

Si je lui disais j'ai peut-être un cancer, je suis peut-être condamnée à mort, et tu parles de drame parce que ton fils s'est fait dépuceler par une putain, et tu me fais venir chez toi parce que ta femme pleurniche dans un lit où elle n'est sans doute plus capable de baiser ?

« Je ne vois pas où est la catastrophe, dis-je. Coucher à dix-sept ans avec une prostituée, c'est ce qui peut arriver de mieux à un adolescent timide et complexé.

— Régine ne l'entend pas ainsi; ni moi », ajoute-t-il avec réticence.

Je lui en veux d'avoir choisi de me faire ces

confidences deux jours trop tard et d'avoir ainsi gâché mon rire. Car j'aurais ri, oh ! oui j'aurais franchement ri. Mais aujourd'hui cette situation ne suscite en moi qu'une sorte d'agacement morose.

« Régine, dis-je. En fin de compte je la connaissais mal. Pourquoi lit-elle les lettres de son fils ? C'est tout à fait personnel une lettre. Moi qui suis une affreuse bourgeoise, je ne me permettrais pas de lire le courrier de mes enfants. »

Pierre-Henri plisse ses petits yeux pâles et je me demande s'il va en sortir un sourire ou des larmes. Mais rien.

« J'attendais ça, grogne-t-il. Tu en profites pour accabler cette pauvre Régine. Elle a lu ces lettres par hasard. Un mot l'a accrochée, étonnée, et elle a continué, voilà. De toute façon, le problème n'est pas là.

— Où est-il ? »

Il s'avance vers moi en se dandinant, puis il recule de deux pas, sur la pointe des pieds : une danseuse.

« Que ferais-tu si tu apprenais que ton Julien vit avec une putain ?

— Rien. J'attendrais. S'il en était heureux, je ne bougerais pas.

— Mais bien sûr. Et tu crois que Gérard accepterait cela ?

— D'une certaine manière, il serait ravi de pouvoir m'en faire porter la responsabilité : une si mauvaise mère. »

Mon frère écarte largement les bras et les laisse retomber avec un floc impressionnant. Après la danseuse, le mime. Pauvre Jérôme qui a dû subir ce théâtre-là et celui de sa mère.

« Tes opinions politiques, Pierre-Henri. Tu es en contradiction avec elles. Liberté, liberté chérie, vous êtes très limitée en fait, si je comprends bien.

— Quand tu auras fini tes simagrées, nous pourrons parler sérieusement. Je ne t'ai pas demandé de venir pour que tu mettes en cause mes opinions politiques mais pour que tu essaies d'aider Régine, pour que tu lui donnes un médicament qui lui permette de se ressaisir, de recommencer à vivre normalement. C'est le plus urgent. »

Je réponds avec lassitude qu'il n'existe pas de médicament miracle, qu'il ne se fasse aucune illusion; que les psycholeptiques, ceux que les psychiatres administrent aux malades sous contrôle constant, je me refuse à les prescrire à Régine : trop dangereux. Et je me mets soudain à transpirer. Pourtant, cette cuisine où nous nous tenons est glaciale. Pierre-Henri me regarde distraitement, il paraît déçu.

« Tu ne peux vraiment rien ? risque-t-il avec une sorte de sourire paralysé.

— Non. Je ne suis là que pour discuter avec toi d'un drame qui n'en est pas un. Jérôme couche avec une fille, comme tu dis, et alors ? Il a dix-sept ans. A son âge, je couchais moi aussi avec des filles. Maman ne s'est pas alitée pour autant; il est vrai qu'elle n'en savait rien, elle ne lisait pas mon courrier. »

Son teint plombé il y a un instant vire au rouge brique. Pierre-Henri proteste que je bluffe. Je soupire pauvre malin, et me mets à tousser, pliée en deux sur une brûlure que je crois sentir dans ma poitrine, mais ce n'est peut-être que ma peur, une peur brutale qui a resurgi au moment même où j'avais l'impression que les problèmes de mon frère parvenaient à me distraire de mon propre drame. Ce cancer je n'en veux pas, il n'est pas pour moi sinon je le saurais depuis longtemps, j'aurais deviné, j'aurais été alertée. Mais non. Pas même l'ombre d'un doute.

« Et voici le plus grave, dit Pierre-Henri sans s'inquiéter de ma toux que j'essaie de calmer avec un peu d'eau. Cette Jacqueline, cette putain donne de l'argent à Jérôme qui est presque installé chez elle. Mon fils est donc un maquereau.

— Tu lui as parlé ? Je veux dire : à Jérôme ?

— Oui. Une discussion violente. Tu sais combien il était doux, passif, autrefois. J'ai cru avoir affaire à un forcené. Il criait qu'il avait tous les droits et moi tous les devoirs, y compris celui de lui foutre la paix. Il répétait toutes les vingt secondes que j'étais un vieux con.

— Nous sommes tous des vieux cons, Pierre-Henri, est-ce cela qui t'affole ? Jérôme aussi sera un vieux con, très vite. Parce que, en fin de compte, c'est lui qui te ressemble le plus : angoissé à l'idée de rester à la traîne, de ne pas oser. Eh bien, il vient d'oser et il brandit ses pauvres audaces comme un drapeau. Tout ce que tu as à faire c'est attendre, ne pas broncher. Il ne s'agit, finalement, que d'une petite liaison sordide qui n'a de sel que celui que tu y mets toi-même en faisant tes scènes ridicules. »

Pierre-Henri a repris son masque de Pierrot souffreteux.

« Tu ne peux pas comprendre, gémit-il.

— Si. Tu es choqué. Ce n'est pas une question d'âge. Tu l'aurais été à vingt ans. Moi-même je te choquais avec mes amants.

— Si au moins ça pouvait être une gosse de son âge, rumine-t-il, ou même une femme mariée. »

Il m'ennuie; je le lui dis. Il est venu chez moi il y a quelques jours pour me prouver que je passais à côté de Julien, que je ne savais pas l'aimer. Pierre-Henri sait en tout cas détester son fils. Je ne comprends plus, alors je hais.

Je me lève, trousse en main :

« Je vais voir Régine. »

Il se précipite sur la porte, bras en croix :

« Non, tu es trop dure. Tu vas l'accabler.

— Tu m'as demandé de faire quelque chose.

— Mais j'ai hésité avant de me résigner à t'appeler.

— Eh bien, je suis là. Je vais examiner Régine comme le ferait un médecin avec un malade ordinaire.

— Je préfère ne pas voir ça », soupire-t-il en m'ouvrant la porte.

Comme je traverse le salon, j'aperçois Didier, l'aîné des garçons, allongé sur un canapé et fumant.

« Ne te lève pas surtout, je ne suis qu'une femme, une mémé. »

Il se lève, sourire en coin.

« Bon sang, s'il existe une mémé pour qui je fais volontiers un effort c'est bien toi. Tu vas voir Maman ?

— L'examiner. Tenter de la soigner.

— Si tu pouvais la guérir. C'est d'un triste cette affaire. Depuis que Maman délire, on ne bouffe plus à sa faim dans cette maison. Je fais le ménage avec Christine; Papa, les courses et la cuisine, et il n'est pas doué.

— Viens chez moi.

— Je peux vraiment ? »

Il a dix-neuf ans, de l'acné sur le nez et sur le menton, des cheveux sales et une passion soigneusement tue pour ma fille Elisabeth.

« Non, dis-je piteusement, tu ne peux pas. »

Je viens de comprendre que, pendant quelques minutes, je me suis comportée comme la Gaillant de toujours : gommés ma radiographie et mon *malheur*. J'ai choisi sciemment ce mot malheur que je déteste pour tenter de m'écœurer, de fuir ma puante complaisance. Mais rien à faire, je m'accroche à nouveau à mon petit enfer.

« Tu ne peux pas parce que Julien a la grippe. »

Parce que j'ai peur de moi, oui. Parce qu'il me faudra mobiliser toutes mes forces pour me surveiller devant mes enfants et ma mère. La présence de Didier représenterait un effort supplémentaire.

« La grippe, je m'en fous. Même si je l'attrape...

— Elisabeth n'aura pas le temps de te voir, elle est très occupée en ce moment. »

Argument décisif. Il capitule avec un pauvre sourire. Et, inattendu, un sanglot sec me noue la gorge. C'est sur toi que tu t'apitoies, Gaillant, ne te fais aucune illusion. Tu essaies de te ménager. Mais pourquoi cette peur excessive ? Parce que tu connais trop bien cette maladie que tu n'oses même plus appeler par son nom. Parce que dès l'instant que tu l'auras acceptée, toute sérénité te sera interdite puisque tu ne pourras plus t'empêcher d'attendre le pire. Et le pire ce n'est pas la mort, tu le sais. Le pire c'est la souffrance physique, qui vous dégrade, qui vous rend autre, qui vous transforme en bête épouvantée.

Luttant mollement contre l'idée que je suis décomposée et plutôt lamentable, je me détourne pour entrer dans la chambre de mon frère et de ma belle-sœur. Régine est allongée sur le lit, assoupie. Le temps que je m'approche, elle ouvre les yeux.

« Pierre-Henri n'aurait pas dû t'appeler, il est stupide.

— Et toi souffrante. Alors je suis là, j'ai ma trousse et je ne suis pas plus mauvais médecin qu'un autre. Tu permets que je prenne ta tension ? »

Avant même qu'elle puisse protester, j'ai retroussé la manche de son pyjama et noué mon brassard.

« Treize, sept. Parfait. Tire la langue »

Elle gémit que non, qu'elle est simplement fatiguée.

« Et tu fais la grève de la faim. Et tu refuses de te lever. On a vu des névroses graves commencer comme ça. »

Elle fuit mon regard avec des yeux trop brillants; une petite chose en surgit, qui coule sur sa joue et qu'elle avale d'un coup de langue. Eh bien, elle est blanche, sa langue.

« J'oubliais, dis-je, tu pleures. On te regarde et hop tu pleures.

— Les nerfs. Fatiguée, je te dis.

— Et butée, obsédée. Jérôme couche avec une putain et tu ne penses qu'à ça. Crois-tu que ce soit convenable de la part d'une femme comme toi ? »

D'un coup elle cesse de pleurer et se redresse.

« Pierre-Henri n'aurait jamais dû te le dire. Il est fou, il a perdu toute dignité. »

Régine a été jolie. De larges yeux gris, un nez qui fut amusant parce que petit, aigu, pointé vers le ciel; il a perdu son charme et grossi aux dépens des joues aujourd'hui creuses, blessées par des rides profondes, que la sévère coiffure — cheveux tirés en arrière par un lourd chignon — souligne.

« Je ne comprends pas », gémit-elle.

Et cet aveu me trouble de la part d'une femme qui naguère se vantait de pouvoir toujours comprendre ses enfants.

« Alors n'essaie plus », dis-je.

Elle a allumé une cigarette et j'ai envie de fumer malgré ma peur, malgré la petite toux qui ne me laisse guère de répit.

« Tu as la grippe, Françoise ?

— Un vieux catarrhe de fumeur, n'aie pas peur.

— Tu as vu les enfants ?

— Didier seulement. Il est navré pour toi. »

Et allez donc, les larmes. Et allez donc les lèvres frémissantes. Je lui prends la main. Sa main se crispe dans la mienne. Régine n'a jamais été à l'aise avec moi. Je l'ai toujours terrorisée. Aujourd'hui j'aimerais pouvoir la rassurer, faire la paix, pleurnicher avec elle mais sur moi. C'est à elle plutôt qu'à mon frère que je voudrais dire mon angoisse, ma grande frousse. Parce qu'elle est une femme ? Je n'en sais rien. Mais je commence à deviner que, désormais, n'importe quel public — pourvu qu'il soit naïf et indulgent — me semblera bon pour mon théâtre personnel. Néanmoins je n'ose pas encore. Oser signifierait que je crois à l'existence d'un cancer dans mon lobe supérieur gauche. Or je n'y crois pas, je n'y crois pas, je n'y crois pas.

Mes mains tremblent; je m'en aperçois en sortant de ma serviette mes ordonnances et mon stylo.

« Je vais te prescrire un tranquillisant. Il ne fera pas de miracle, mais si tu consens à te lever et à reprendre une vie normale il t'aidera.

— Je suis une imbécile », murmure-t-elle.

Et j'ai envie de l'embrasser. C'est la première fois que je la vois s'humilier.

« Ça coûte cher, ce médicament ? Parce que nous avons des difficultés matérielles.

— Tu pourrais recommencer à enseigner. Ce serait pour toi la meilleure des thérapeutiques.

— Je préfère me consacrer à mes propres enfants. Comment vont Julien et Elisabeth ? »

Elle ne les aime pas; surtout Elisabeth, qui le lui rend sans effort.

« Ils ont des problèmes, dis-je pour lui faire plaisir. Je me sens dépassée.

— J'ai toujours pensé que tu étais une femme forte. »

J'ai les jambes qui flanchent et une boule glacée dans l'estomac. Ma frousse ne m'a pas quittée, je sais qu'elle ne me quittera plus tant que je n'aurai pas trouvé un médecin qui ose me rassurer. Une femme forte, dit ma belle-sœur.

« Dans huit jours, si tu ne vas pas mieux, Régine, je t'adresse à un psychiatre.

— C'est au-dessus de mes moyens. C'est un luxe, de toute façon. Et puis un psychiatre ne résoudrait pas le problème que pose la liaison de Jérôme.

— Il pourrait te la faire accepter. »

Et pourrait-il me faire accepter, si cela devenait une certitude, mon cancer ? J'en doute. Parce que ce que j'exige farouchement, c'est un mensonge convaincant.

HIER soir j'ai préparé le cours destiné aux étudiants de mon C.H.U. Il est bien évident que je ne le ferai pas puisqu'il doit avoir lieu dans quatre jours. Impossible de laisser ignorer plus longtemps à Rivemale et à ses collaborateurs l'existence de ma radiographie. Et dès qu'ils l'auront vue... Mais mon espoir est fou et je le veux tel.

Rivemale est le premier qui doit être informé. Mon patron. Même dans le drame, il faut tenir compte de la hiérarchie.

Je le trouve dans son bureau, dictant une lettre à sa secrétaire. Sa belle grosse voix qui séduit les malades, il en joue. Entre deux phrases il me sourit et d'un geste m'invite à m'asseoir face à lui. Mes mains moites ont laissé des marques sur l'enveloppe qui contient le cliché. J'ai froid. Mon corps est mon ennemi, qui tremble doucement, qui abrite cette chose innommable et peut-être assez virulente pour faire basculer ma vie dans l'horreur.

Au moment où la secrétaire quitte la pièce, je me lève, prête à fuir.

« Que se passe-t-il, chère madame ? »

Je pourrais lui raconter n'importe quoi; lui parler d'un malade, de Liénard par exemple, ou de Carassone. Il regarde l'enveloppe qui pend au bout de mon bras et finalement je la lui tends.

« Ma radio de contrôle, monsieur. »

Il met ses lunettes, lentement, et sort le cliché. Ses gestes sont sans surprise et pourtant ils me paraissent douloureusement insolites parce qu'il s'agit de moi, Françoise Gaillant, quarante-quatre ans, qui vient d'entrer dans le grand troupeau des innocents livrés aux représentants de la science. Je cesse à cet instant même d'appartenir au clan des soignants; je le vois dans le regard de Rivemale qui difficilement soutient le mien.

« Vous êtes médecin, je ne vais donc pas tricher avec vous. Cette opacité m'ennuie. »

Je suis médecin; ils vont me le dire bien que ça n'ait plus aucun sens. Je suis une paumée, une pauvre femme qui supplie qu'on lui masque la vérité. Je dis très vite :

« Ça pourrait être un abcès. Ou une tuberculose. »

Il ne répond pas, reprend le cliché.

« Vous fumez beaucoup, n'est-ce pas ?

— Trente à quarante cigarettes par jour.

— Seigneur, les femmes d'aujourd'hui sont insensées.

— Et les hommes ? »

Il paraît surpris, vaguement contrarié. J'ai envie de mordre, c'est tout de même mieux que de pleurnicher.

Rivemale se lève, contourne son bureau et pose sa main potelée sur mon épaule.

« Ne nous affolons pas, chère madame. Mais

j'aimerais tout de même que vous fassiez pratiquer au plus vite une fibroscopie, des tomographies et les examens habituels : vitesse de sédimentation, etc. Dès que nous aurons éliminé le pire...

— Le pire je n'en veux pas », dis-je brutalement.

A nouveau il paraît surpris et contrarié. Il doit penser que je n'ai aucune excuse : non seulement je suis médecin mais l'ancienne élève de Delattre.

Rivemale ne sait comment en finir avec moi, c'est évident. Sa main quitte mon épaule, y revient mollement pour retomber le long de sa blouse. Son regard flotte au-dessus de ma tête, vers la porte. Seigneur je suis toute seule. Ma famille c'était l'hôpital. Et ma famille me lâche, et ma famille est lâche.

— Vous deviez partir ces jours-ci, n'est-ce pas ? Qui vous remplaçait ?

— Fernstein.

— Fernstein peut prendre en charge vos malades pendant quelques jours, mais plus longtemps c'est exclu. Il faut quelqu'un d'entièrement disponible. »

Son regard vacille sous le mien puis fiche le camp vers la fenêtre. Le vrai problème est là pour Rivemale : me remplacer, peut-être définitivement.

« Je vais prendre mon rendez-vous pour la fibroscopie, monsieur, et faire faire immédiatement une prise de sang et des tomographies. »

Il consent à poser de nouveau ses yeux sur moi et s'arrache un sourire.

« Tout ira bien, chère madame. »

N'importe quoi. Pourvu que je ne gémisse pas.

Pourvu que je déguerpisse et le laisse réfléchir tranquillement à mon successeur. J'exagère sans doute. Rivemale n'est pas un monstre. Ma radiographie l'ennuie et sa peur pour moi est une brave peur moyenne. La mienne ? Fracassante. Elle me surprend. Je claque des dents, mes mains sont glacées, et dans mon bureau, mon image dans la glace murale, qui m'atteint de face, me consterne. Si j'offre cette tête-là aux autres, ils vont tous me fuir. Seule Cristelle, peut-être.

Le labo de Cristelle est loin, et doux Jésus je suis si lasse. L'immense couloir à traverser puis la cour, le vent froid, j'ai oublié de prendre ma capote, je me sens misérable. Je pense à ma radiographie, je cherche à me rappeler une erreur de diagnostic de Rivemale; il y en a eu plusieurs en quelques années.

J'essaie de me concentrer, mes souvenirs sont noyés d'ombre. Il y a deux ans, non trois. Une radio de la colonne vertébrale. Le malade était très jeune. Non, quarante ans. Et c'était une femme. Diagnostic de Rivemale : cancer. J'avais confirmé. Les examens ont été tous négatifs et on a renvoyé la malade chez elle. Je l'ai revue récemment : elle ne souffre pas, elle mène une vie normale, mais l'anomalie sur ses radiographies et ses tomographies est toujours là, inexplicable.

Je m'accroche farouchement à cette erreur de diagnostic, je me la raconte deux fois, trois fois, retrouvant des détails. Bravo Gaillant, tiens bon. Quand j'entre dans le labo, Cristelle se lève et va jeter dans une corbeille à papiers la revue professionnelle qu'elle lisait.

« Il faudrait que je publie un article, dit-elle. Mais je n'ai plus le temps d'écrire.

— Moi non plus. Vous savez lire une radiographie des poumons ?

— Pas très bien.

— Moi si. Je vais donc vous dire comment on peut interpréter la mienne. Là, au niveau du lobe supérieur gauche, vous distinguez une masse circonscrite. Ça pourrait être une tuberculose, ou un abcès, ou une mycose. Reste le diagnostic le plus évident : cancer. »

Cristelle ne bronche pas et se tient parfaitement immobile.

« Ce cancer je n'en veux pas, Cristelle. Ma radio a été vue par Gravond puis par Rivemale; ni l'un ni l'autre ne s'est montré optimiste. Parce que je suis médecin. Comme si je n'étais que cela. Me voilà toute nue et terrifiée. Mettez-vous bien dans la tête que ma blouse blanche, mes titres et le reste ne signifient plus rien. Je suis déjà de l'autre côté, Cristelle, et je me battrai pour qu'on m'accorde un peu d'espoir. En somme, j'ai peur de mourir. »

Je m'assieds et remets le cliché dans son enveloppe. Cristelle est derrière moi, je sens son parfum léger, je devine son malaise. Je n'avais peut-être pas le droit de la fourrer dans cette situation-là. Mais quelque chose en moi me souffle que j'ai désormais tous les droits. On est seul, perdu, condamné, et on a le droit divin d'emmerder les autres.

« Bon sang, Gaillant, vous pouvez compter sur moi, je ne vous lâcherai pas. Il faut faire pratiquer immédiatement les examens. Je vous accompagne. »

Elle est très pâle, avec quelque chose de troublant dans ses yeux dorés qui bougent sans cesse. Devant le labo d'Odette, elle me tend la main :

« Dès que vous aurez les résultats... Non, je téléphonerai moi-même à Odette. Et je viendrai vous voir. Voulez-vous que je demande à Jourdan un rendez-vous prioritaire pour votre fibroscopie ? »

Je fais oui de la tête, larmes aux yeux, que j'essaie de masquer par un sourire.

« Nous manquons d'imagination nous, les médecins, dit-elle. C'est peut-être n'importe quoi, Gaillant, n'importe quoi d'anodin. Savez-vous que je n'ai toujours pas reçu les coupes histologiques de votre amie ? Je le craignais et j'avais raison : nous sommes tombées sur un anatomopathologiste misogyne.

— Quelles coupes histologiques ? Quelle amie ?

— Ce n'est pourtant pas si vieux, Gaillant : votre amie, Josselyne Chanon. Cancer du sein. Vous êtes entrée en conflit avec son chirurgien. »

Josselyne, l'amie de Pierre-Henri. Il y a quelques jours elle suscitait ma pitié condescendante; aujourd'hui je me sens tout à coup très proche d'elle. Une sœur.

« Je vous attendais, me dit Odette. Etes-vous à jeun ?

— Je n'ai bu qu'un thé sans sucre et très tôt.

— Dès que je vous ai piquée, je vous prépare un bon café.

— Ainsi vous avez vu Rivemale. Il est venu vous prévenir. Que vous a-t-il dit ?

— Rien... rien de spécial, marmonne-t-elle, ses petits yeux d'un bleu layette fuyant les miens. Il m'a dit que je devais vous faire une V.S. et une formule sanguine. »

Odette est la protégée de Rivemale, sa filleule. Il a dû lui parler de ma radiographie.

« J'ai une image pulmonaire inquiétante, Odette : une opacité au niveau du lobe supérieur gauche; vous le savez, bien sûr. »

Elle se met à pleurer. C'est si inattendu que je proteste.

« Ah ! non, pas ça Odette.

— Pardonnez-moi.

— Je ne vous savais pas aussi idiote. » J'ajoute doucement : « aussi sentimentale. »

Je connais Odette depuis dix ans. Nous avons toujours eu des relations courtoises, sans plus. Alors, pourquoi ces larmes ?

« Vous me piquez oui ou non ?

— Je suis sûre que ce n'est pas grave, dit-elle en reniflant. Vous avez eu une tuberculose, vous faites une rechute, voilà.

— Et parce que je fais une rechute, vous pleurez. »

Elle dit oui comme un enfant buté et s'essuie les yeux, noue le garrot, saisit la seringue et pique dans ma veine. De toute façon, ma vitesse de sédimentation sera augmentée, me dis-je pour me rassurer. Le problème n'est pas là. Qu'il s'agisse d'une tuberculose, d'un abcès, d'une mycose ou d'un cancer, j'aurai une vitesse de sédimentation anormale. Si l'on pouvait trouver des bacilles à l'examen, ce serait là un délicieux miracle.

Odette retire la seringue, comprime ma veine et entreprend de remplir ses flacons avec mon sang.

« Dans combien de temps, Odette ?

— Vers midi, résultat partiel. Vous partez ? Et votre café ?

— Je m'en passerai, c'est préférable pour la fibroscopie. Pourquoi avez-vous pleuré ?

— Les nerfs, madame Gaillant. »

Comme Régine. Comme Liénard. Comme moi, dans la salle de radiologie, hier matin. Les femmes ont les nerfs fragiles, qu'on se le dise.

« Je vous aime bien, madame Gaillant. »

Une main sur la porte, je me retourne. Odette n'a pas bougé. Je vois sa grosse tête aux cheveux courts, raides, un peu gras, penchée sur les flacons. Le théâtre commence.

Mais dès mon premier contact avec Henri Jourdan, je devine que celui-là se refusera à entrer dans le jeu.

« Cristelle vous a prévenu, Jourdan ?

— Oui. Vous ne serez que la onzième de la matinée. Et rien que des urgences, naturellement. »

Une manière de me dire que je suis indésirable avec ma priorité. Mais je m'en fous. De toute façon, il me serait impossible de m'adresser à un autre médecin : Jourdan est le seul, ici, à savoir pratiquer les fibroscopies, une technique nouvelle pour l'exploration des bronches.

« Détendez-vous », dit-il, et j'ai envie de l'insulter. Il a sans aucun doute entendu parler de ma radiographie et du diagnostic de Rivemale. Une petite lueur de sympathie dans son œil, est-ce au-dessus de ses forces ? Décidément je suis passée du côté des malades : l'ennemi, c'est le soignant.

« Je vais vous faire une injection de valium et d'atropine. Prête ? »

Il me pique. Puis nous attendons, moi allongée, lui assis sur un tabouret et m'offrant son profil aux longs traits coupants. Silence. Il n'a même pas la générosité de chercher à me distraire. Je le provoque :

« Je suis très pessimiste, Jourdan.

— Vous avez tort. Il faut attendre. »

La belle trouvaille. Il allume une cigarette qu'il regarde se consumer avec un intérêt immense. Il n'inhale pas la fumée. Il est raisonnable, sec, précis, sans imagination. Mais efficace.

« On y va ? »

Mes narines et ma gorge sont anesthésiées très rapidement. Jourdan s'empare alors d'une sonde qui a l'apparence d'un gros fil téléphonique; il l'introduit dans une de mes narines. Je transpire, lui aussi, nos regards se croisent; le mien crie au secours. Le sien ? Dur, opaque. Jourdan travaille, ne pas le troubler s'il vous plaît.

La sonde me fouille; à son extrémité, celle que tient Jourdan, un système optique permet de voir l'intérieur des bronches. Examen. Le temps s'arrête. Puis Jourdan aspire les cellules qui seront analysées, qui diront si oui ou non il s'agit d'une tumeur maligne. Seigneur, évitez-moi de trembler comme une imbécile, de basculer dans une sorte de cauchemar où je me vautre de façon répugnante : je suis foutue. Dans le meilleur des cas, après intervention chirurgicale, quinze chances sur cent de guérison, et pourquoi ne ferais-je pas partie des quatre-vingt-cinq pauvres cloches qui en crèvent salement avec métastases un peu partout et matraquage de morphine ? Quinze chances sur cent. Comme si le mot «chance » avait ici son plein emploi. Je n'ai plus le droit de penser normalement à demain. Demain, après-demain et la suite ne peuvent m'apporter que l'anormal, l'horreur. Oh ! Gaillant, boucle ton cirque intérieur, s'il te plaît.

« Terminé, dit Jourdan. Restez allongée un instant.

— Vous avez vu quelque chose ? »

Il me présente son dos, large, épais.

« N... non. »

Le fait-il exprès l'imbécile ? Quand on ment, dans ce genre d'affaire, il faut y mettre de la conviction.

« Répétez-moi ça, Jourdan. »

Il se retourne avec une lueur d'irritation dans son regard.

« Je ne sais pas exactement ce que j'ai vu mais mon impression n'est pas bonne, voilà la vérité. A un malade ordinaire, je n'oserais pas l'avouer. Mais vous êtes médecin.

— Non. J'ai cessé de l'être quand j'ai examiné ma radiographie.

— Excessive, hein ?

— Paumée. Dès que je veux m'accrocher à un espoir, on s'arrange pour me faire trébucher.

— Je vous aurais crue plus solide.

— Oh ! ne soyez pas stupide, Jourdan. Qui est solide dans ce cas précis ? Je ne suis plus médecin mais j'ai encore des souvenirs de médecin, et j'en ai vu des hommes dégringoler dans l'horreur, gémir, pleurnicher, supplier qu'on les sauve. Je dis bien des hommes car en général les femmes sont plus courageuses.

— Vous n'en êtes pas là, dit Jourdan.

— Rivemale vous a fait part de son diagnostic ? »

Il fait oui de la tête, l'air vaguement ennuyé.

« Qui êtes-vous, Jourdan ? Quel homme êtes-vous ? »

Ma question le surprend, le choque. Deux boules jaunes, ses yeux, cherchent à m'éviter.

« Vous êtes marié, je m'en souviens. Deux enfants. Une maîtresse ?

— Gaillant, vous exagérez. »

Le plouc. Je le côtoie depuis trois ans. Jusqu'à présent nous échangions des diagnostics et des banalités, mais aujourd'hui où mon corps me trahit, où j'éclate de frousse, notre discrétion de bon ton me donne envie de vomir. Pourquoi ne m'avouerait-il pas qu'il a une maîtresse, cet imbécile ? Pourquoi chercherait-il à nier que sa femme l'ennuie à pleurer ? Il a épousé la fille d'un patron, laide et stupide, et je suis sûre que lorsqu'il est contraint de la baiser c'est pour lui une épouvantable corvée. Oui, pourquoi n'en parlerait-on pas, lui et moi, puisque par ailleurs il ose me faire comprendre l'indicible, sa quasi-certitude que j'ai un cancer.

Il s'est levé, attendant que j'en fasse autant. Si je ne m'y résigne pas, il partira, il trouvera un prétexte pour me planter là, je le sais et je ne le veux pas.

« Jourdan, si cette radiographie, la mienne, était la vôtre, comment réagiriez-vous ? Essayez d'avoir un peu d'imagination, mon vieux. »

Il allume une nouvelle cigarette dont il n'a pas envie puis regarde sa montre très calmement; elle est plate, ronde, en or, avec un bracelet de cuir fauve comme la couleur de ses yeux.

« J'attendrais, dit-il. Je ne prendrais pas le risque de m'attacher à un diagnostic avant d'avoir le résultat de tous les examens.

— Et si ces examens étaient tous positifs : tumeur maligne ?

— Je prendrais mes dispositions.

— Quelles dispositions ? »

Il ouvre la bouche comme s'il manquait d'air. Ses yeux exorbités me crient que je suis folle, que je l'emmerde.

« Je consulterais mon notaire. Je ferais un testament et j'attendrais calmement l'intervention chirurgicale. Pas plus de risques, après tout, qu'un long voyage en avion ou en voiture.

— Quatre-vingt-cinq pour cent, Jourdan, vous le savez, alors ne dites pas de conneries. Mais ce que vous ne savez pas, ce que vous ne voulez pas savoir c'est l'épouvante qui vous saisit lorsque s'est installée la conviction qu'*il* bouffe vos cellules, qu'*il* vous est inconnu et pourtant déjà tellement familiarisé avec votre corps dont *il* s'est emparé. Ce que vous ne voulez pas savoir c'est l'extrême solitude dans laquelle vous basculez quand on vous laisse comprendre qu'*il* sera désormais votre unique compagnon jusqu'à la fin. Vous redevenez alors un enfant, vous avez dix ans, que dis-je, huit, six, quatre, vous ne savez plus rien, vous êtes perdu, étranger au monde des vivants; aliéné, Jourdan. Autre, complètement autre d'un seul coup. »

Il recule vers la porte, je lui fais peur. Il me dit calmez-vous, un murmure, n'osant pas ajouter qu'il n'a qu'une envie : foutre le camp.

« Partez, Jourdan. Laissez-moi me faire mal sans témoin, une dernière fois. Une faiblesse, je n'en voulais pas. Car le pire je le refuserai, mon vieux. Jusqu'au bout. »

Odette me tend le résultat de ma vitesse de sédimentation. A la première heure : 40; à la seconde : 65.

« Bien, Odette. Il n'y a rien de surprenant là-dedans. »

Et je la regarde sans ciller. Elle est verte.

Si je ne file pas, elle va se remettre à pleurer.

Sa voix sourde, méconnaissable, pour me dire que Fabienne Cristelle m'attend à n'importe quelle heure, dès que j'aurai les résultats. Ma main sur son épaule pour la remercier, pour la réconforter.

« Quand j'ai eu ma tuberculose, la V.S. était également très augmentée, n'est-ce pas Odette ?

— Oui madame.

— Vous ne déjeunez pas ?

— Un sandwich. Ici. »

Et des larmes. Je pars sans me retourner. Il est treize heures trente, Cristelle doit se trouver à la cantine. Je n'irai pas. Je m'installerai dans son labo, je fumerai la cigarette dont j'ai un besoin lancinant depuis mon réveil et que je me suis pourtant refusée. J'essaierai de penser à Julien, à Elisabeth, à leurs problèmes. J'essaierai.

Cristelle est là, souriante, apaisante. Je lui tends le résultat de la V.S.

« Moche, dit-elle. Mais n'importe quelle saloperie peut provoquer ça. J'ai vu pire. »

D'un sac en plastique, elle sort des pommes, des bananes, des oranges.

« Puisque votre fibroscopie vous interdit tout repas classique vous allez grignoter un fruit. Prenez ça. »

Elle me lance une pomme, que je rate, qui va rouler sous une table. Quand je me baisse pour la ramasser, une quinte de toux me secoue et je suis contrainte de m'asseoir sur la chaise que Cristelle me met sous les fesses. Un instant plus tard elle m'apporte un verre d'eau.

« Quand vous étiez tubarde, vous aviez exactement cette toux-là, non ?

— Je ne sais plus. »

Nous mangeons une banane en silence, elle debout appuyée d'une hanche contre une table.

« J'ai apporté du Nes, dit-elle, on le boira froid. Votre fibroscopie; racontez. »

Je luis dis ma nervosité et ma panique, la raideur de Jourdan et son hostilité. Je lui avoue mon éclat et la réaction de cet homme de quarante ans, le collaborateur préféré de Rivemale et qui bientôt sera patron, comme le père de l'idiote qu'il a épousée.

« Le con, soupire Cristelle. Je me demande pourquoi cette race d'hommes exerce la médecine. Psychologie de charcutier. J'en ai vu quelques-uns interroger des malades. Consternant. Ils n'écoutent pas, ils ne les regardent pas, ils ne font même pas semblant. Ils foncent, brandissent leur diagnostic et laissent les pauvres types crever d'angoisse.

— J'ai déçu Jourdan.

— Evidemment vous l'avez déçu. Vous n'êtes pas une malade ordinaire et il attendait de vous la foutue comédie de la dignité et des grands mots creux. Parce qu'il ne comprend rien. Parce qu'il n'a aucune imagination. Il est comme la plupart des médecins de l'hôpital, il n'ouvre jamais un roman, mais je suis sûre qu'il a entendu parler de *Love Story*. Bon sang, je parierais bien cinq cents francs qu'il a au moins vu le film et son héroïne exemplaire qui crève avec un masque radieux et des faux cils charbonneux. Ce putain de film a rendu fous les mecs qui travaillent dans les services d'hématologie. Mais Jourdan, lui, a besoin d'une vérité maquillée, surtout lorsqu'il s'agit d'une malade comme vous : un médecin et agrégée. »

Le Nescafé dans des gobelets de carton. Cristelle verse d'abord le sucre en poudre, puis le café, puis trois gouttes d'eau. Elle tourne énergiquement la pâte, son nez bref curieusement plissé, ses cheveux légers empiétant sur sa joue pâle. Enfin elle ajoute l'eau avec précaution tout en continuant de faire mousser la pâte. Je la connais depuis trois ans, comme Jourdan. Que sais-je de Fabienne Cristelle ? Pas grand-chose, si ce n'est qu'elle a une passion pudique pour sa profession et que son jugement sur les médecins est sans complaisance. Je ne l'ai jamais invitée chez moi, elle ne m'a jamais invitée chez elle. Sorties de notre univers, l'hôpital, nous nous ignorons, nous n'existons plus l'une pour l'autre. Et cette « absence », qui jusque-là ne m'avait jamais gênée, me semble tout à coup absurde, intolérable.

Comme elle me tend un gobelet, nos regards se croisent et Cristelle comprend que je suis en train de lutter contre mes larmes. Elle se jette alors sur ses souvenirs d'interne pour essayer de m'arracher, croit-elle, à mon obsession. Elle m'explique comment elle a été amenée à bifurquer vers l'anatomopathologie et la recherche.

« Six mois dans un service d'hématologie en contact constant avec de très jeunes leucémiques. Ces gosses au crâne chauve, ces gosses au regard ivre, vous les avez vus, Gaillant ? »

Je dis qu'il m'est arrivé de les rencontrer dans les jardins d'un hôpital de la périphérie, quand ils se promenaient avec les infirmières ou avec leurs parents. Un spectacle insoutenable pour ceux qui savent que ces gosses sont sans avenir.

« Insoutenable, oui. Et c'était pire il y a douze ans, lorsque j'étais interne. »

L'hôpital où elle avait été nommée ne possédait qu'une grande salle pour les enfants. Les plus atteints mouraient donc sous les yeux des sursitaires et des entrants. Et ces « nouveaux », qui avaient de cinq à quinze ans, comprenaient très vite ce qui les attendait et quelles seraient exactement les étapes de leur calvaire. Ça commençait avec « la grosse tête » — que provoque le traitement à la cortisone. Les gosses disaient : « Ça y est, j'ai la grosse tête, madame, comme « lui. » Et lui, c'était un enfant qui n'allait déjà pas bien; à qui l'on faisait de nombreuses ponctions de moelle et de rate. « Allez, piquez, disait le petit, allez-y, je serre les dents. » Il crispait ses mâchoires comme un gosse, excessivement, mais le regard était d'un vieux : odieusement résigné.

Il y avait l'étape de la chute des cheveux — le crâne devient lisse comme un œuf — et cette fois le sursitaire n'osait pas dire « je suis comme lui », comme celui qui déjà ne se levait plus, ne mangeait plus, restait prostré, attendant la mort.

« J'en ai connu un, onze ans à peine, qui m'en parlait tous les jours, qui disait : « Comment « c'est la mort, madame ? Qu'est-ce que je ferai « quand je serai mort ? » Je répondais bêtement : « Tu es trop jeune pour mourir; tu res- « tes avec nous. » Il protestait : « Et les « autres ? Rémi, Jean-Jacques, Paul ? Ils étaient « plus jeunes que moi, on a mis le drap sur « leur tête, les infirmières et tous les docteurs « sont venus et aussi les parents qui ont pleuré. « On les a transportés je ne sais où. Morts, ils « sont morts, et ils étaient comme moi. D'ail- « leurs, chaque fois qu'ils viennent me voir, mes « parents pleurent déjà. » Les parents. Une présence aussi pénible à supporter que celle des gosses. J'ai connu trois catégories de parents. La première, la plus discrète, est celle des timides et des fatalistes. Ces gens-là s'effacent, ne posent pas de questions et laissent leur chagrin à la porte de l'hôpital. Mais il y a ceux qui interrogent inlassablement : « Vous le sauverez, doc« teur ? » Moi je disais oui, toujours. Mais derrière moi, le patron disait non. Sa voix suave : « Le sauver, non, mais obtenir une rémission « de quelques années, oui. C'est déjà un pro« grès considérable. » Alors nous avions droit au désespoir, aux sanglots, aux cris, parfois à la révolte. Ces parents-là voulaient reprendre leur gosse pour l'emmener chez un guérisseur, ou à Lourdes. Il fallait les supplier de n'en rien faire. Un jour, un père épouvanté a insulté le patron. Puis il m'a montrée du doigt : « Elle a promis « qu'elle sauverait mon fils. » Le patron a répliqué suavement qu'il s'agissait sans doute d'un malentendu. J'ai dit non. Le père triomphait. Mais le patron m'a demandé de le suivre, il avait perdu toute suavité : « Vous êtes folle ? » J'ai répondu oui; que pour rester dans son service, il fallait l'être. Je n'avais plus qu'un mois à passer là, le temps d'affronter la troisième catégorie de parents, la pire : celle dont l'indifférence ou le cynisme tue une deuxième fois. J'ai vu une mère venir essayer au petit frère du mourant le costume neuf que le pauvre gosse portait quand il était entré à l'hôpital. Et au pied du lit, elle faisait les retouches, cousait les ourlets, les boutons. J'avais envie de l'étrangler. Je l'ai tout simplement fichue dehors. Elle a écrit au directeur pour se plaindre. Et voilà pourquoi je travaille aujourd'hui dans ce labo. Gaillant, cessez un instant de penser à vous, s'il vous plaît. »

Je proteste que je pense à ces gosses et c'est vrai. J'ajoute que je les envie presque car ils sont tout de même en grande partie innocents.

« Mais vous, vous avez la possibilité de vous révolter. Même si Rivemale et Jourdan envisagent le pire, vous pouvez dire non. Mais pour que ce non devienne efficace, il faudra le crier, Gaillant. Et je serai là pour crier avec vous. Buvez donc votre Nes.

— Non. Je vais aller me coucher. Je crois que je vais dormir pendant quarante-huit heures, le temps nécessaire pour avoir le résultat de ma fibroscopie.

— Les prélèvements sont là. Je vais m'y mettre dès maintenant. »

En m'accompagnant jusqu'au couloir, elle met sa main sur mon bras : une main de garçon, longue, dure, aux doigts carrés et retroussés du bout.

« Qu'allez-vous dire à vos enfants ?

— Pour l'instant je n'ai rien à leur dire : on ne m'a rien proposé.

— Qu'il s'agisse d'un abcès ou d'autre chose, on vous proposera une intervention.

— Et s'il s'agit d'un cancer anaplasique ? Vous savez bien que c'est inopérable. »

Elle soutient mon regard et sourit.

« Que répondriez-vous à ma place, Gaillant ?

— N'importe quoi.

— Je ne veux pas de n'importe quoi. Et je ne veux pas non plus de ce cancer anaplasique. A priori, ça ne colle pas avec le reste. »

Je n'ai pas envie de lui demander pourquoi. Cristelle vient de m'offrir un minuscule espoir; j'irai dormir avec.

Je suis restée deux jours et deux nuits dans mon lit. Raison officielle : grippe asiatique. Gérard est si effrayé par cette grippe-là que, tous les ans, il se procure un vaccin que je refuse de lui injecter. Il n'a d'ailleurs pas besoin de moi : un de ses amis d'enfance est généraliste, qui s'occupe de lui avec beaucoup plus de patience que je n'en aurais pour le faire.

J'ai dormi énormément grâce à un matraquage systématique de tranquillisants et de somnifères. Quand je resurgissais, ma première pensée était pour *lui* qui n'appartenait pas au domaine du rêve, et mon premier effort : le balayer; mon second : croire qu'il était effectivement balayé, improbable, absent. Je vacillais entre cette conviction ténue et une furieuse tendance à larmoyer. Lire ne m'était d'aucun secours : mes yeux glissaient sur les mots et mon esprit dérapait carrément. Tranquillisant. J'ai dû en absorber une bonne dizaine en quarante-huit heures. Les enfants n'étaient pas autorisés à entrer dans ma chambre, ni ma mère à qui j'avais fait dire que ma grippe était très contagieuse. Seule Françoise, la cuisinière, m'apportait des tisanes et des bouillons de légumes.

Quand elle vidait mon cendrier, j'esquivais son regard de reproche et j'allais m'enfermer dans la salle de bain. Mon corps avait fondu, mes joues se ratatinaient. Jamais je n'aurais ou autoriser Daniel à regarder ce corps-là, ce visage-là.

A la fin du deuxième jour, et surmontant sa peur, mon mari se résigne à venir prendre de mes nouvelles.

« Pourquoi n'appelles-tu pas un de tes confrères ? »

Il est resté à deux mètres du lit, roide dans son costume marron, tête rejetée en arrière.

« Parce que c'est inutile.

— Naturellement. Tu es plus forte que tous les médecins de Paris, même quand il s'agit de ton propre cas. »

A défaut d'amour, il pourrait y avoir entre nous une certaine tendresse, une certaine amitié. Mais comment exiger cela d'un homme qui depuis quinze ans — et parce qu'il a compris bien trop tard sa méprise, notre mariage — cherche à me prouver que je suis non seulement une mauvaise épouse et une mauvaise mère mais une imbécile.

Je me redresse, ma main effleure, sur la table de chevet, le paquet de gitanes, puis sagement vient rejoindre l'autre sur le drap. Je dis d'une voix calme :

« Gérard, j'ai peut-être un cancer.

— Qu'est-ce que ça signifie ce « peut-être » ? »

Il est toujours aussi guindé, sourcils froncés au-dessus de ses yeux de hibou. Je fais un commentaire rapide et clair de mes examens, de ma radiographie, de mes tomographies.

« J'entends, j'entends, dit-il de sa voix nette. Mais pour l'instant rien ne prouve que.

— De toute façon, on va me proposer une intervention. Le plus tôt possible. La semaine prochaine je serai certainement opérée.

— Alors ta grippe ?

— Un mensonge pour pouvoir fuir les enfants et Maman. J'avais peur de larmoyer. »

Il fait trois pas vers le lit, comme soulagé. Je ne retiens pas un sourire.

« Non, le cancer n'est pas contagieux, Gérard, tu as raison. Tu pourrais même m'embrasser.

— Tu es folle. »

Sa réplique a été si spontanée qu'il rougit, qu'il se contraint à s'asseoir sur le lit. Cette gitane qui va me faire tousser, je la sors du paquet et la fiche entre mes lèvres. Gérard me tend son briquet allumé, et la réflexion désagréable que j'attendais ne vient pas.

« Si... si tous les examens sont positifs, Françoise, diras-tu la vérité aux enfants ?

— Je ne me la dirai pas à moi-même, Gérard. Je la repousserai farouchement. »

Il pense que je suis folle; je le vois dans son regard. Il se dit que ce n'est pas nouveau, que j'ai toujours été une détraquée, ce qui probablement justifie à ses yeux son hostilité à mon égard : quel homme normal pourrait s'entendre avec une femme qui, étant médecin, tient de tels propos ?

Je fume et ô miracle je ne tousse pas. Plus rien à dire à Gérard. Je me demande pourquoi il reste là. Qu'attend-il ? Mes larmes ? Non, tout simplement il n'ose pas partir vite. Un minimum de décence.

« Cette maladie, ça va poser des problèmes pour la maison, Gérard.

— Bien sûr. »

Il y pensait déjà. Il ne pensait même qu'à cela. Moi sans amertume. Je me dis que, à sa place, lui alité, menacé d'une intervention importante et craignant le pire... Eh bien, peut-être pas, non. Je ne penserais peut-être pas uniquement aux problèmes que poserait sa maladie pour la maison. Mais lui, comment savoir ? Et pourquoi cette certitude que, ma porte franchie, il ne va pas s'effondrer ? Parce que je le veux. Parce que, depuis quinze ans, je compte bien sur l'hostilité de Gérard pour justifier ma propre indifférence, ma propre désinvolture. Confort d'abord.

Il se lève, disant je ne veux pas te fatiguer. Je suis sur le point de lui demander de rester, et puis non, je préfère être seule. Avec mes tranquillisants. Presque sage.

Le lendemain matin j'attends le coup de fil de Cristelle. Mais c'est Rivemale qui m'appelle.

« Chère madame, comment allez-vous ? »

Peut-il penser un instant que je vais bien ?

« Avez-vous le résultat de mon examen fibroscopique, monsieur ?

— Je l'attends d'une minute à l'autre. Si vous pouvez passer à l'hôpital dans une heure, je l'aurai sûrement. De toute manière, il faut que je vous voie, c'est urgent. »

Eh bien, il l'a ce résultat, c'est évident. Et il est mauvais. Et je ne veux pas savoir qu'il est mauvais. Mais il m'en fera part tout de même. Dans son bureau. Et avec un certain ménagement. Mais je n'entendrai pas, je sais que je n'entendrai pas. O Seigneur, protégez-moi des imbéciles qui me considèrent comme une femme forte et lucide, j'ai si peur.

Je suis habillée et prête à sortir quand arrive le coup de fil de Cristelle. Voix claire avec une note de gaieté dans l'attaque.

« Bonne nouvelle, Gaillant. A priori il ne s'agit pas d'un cancer. Mais il y a tout de même quelques points suspects : une ou deux petites cellules qui m'embêtent. Certainement rien de grave. Malgré tout, je suppose qu'on va vous proposer une intervention. Histoire de voir ce que c'est et de pouvoir vous rassurer tout à fait.

— Vous êtes gentille. »

Elle proteste que non, mille fois non, elle n'est surtout pas gentille; qu'elle n'aime pas me voir tomber ainsi dans la guimauve.

Je lui fais entendre un rire pas très réussi, elle dit :

« Je préfère ça. Est-ce que vous venez à l'hôpital, ce matin, Gaillant ? Parce que je vous donnerai moi-même le compte rendu.

— Je pars. »

Et maintenant j'y suis. Face à Rivemale, dans ce bureau aux murs jaunes, le sien, où il m'a fait appeler. Et contrairement à ce que j'avais prévu, j'écoute attentivement, tendue pour ne pas laisser échapper un mot. Mais le patron est curieusement vague et je finis par comprendre que, s'il a peur de me dire la vérité, il n'a pas, en revanche, le courage d'inventer un mensonge.

« Vous avez le compte rendu de la fibroscopie, monsieur ?

— Mme Cristelle vous le remettra elle-même. »

Et je devine que c'est elle qui l'a exigé, tenant

tête à Rivemale, lui imposant sans doute une entière discrétion.

« Je suppose que vous en avez pris connaissance ? »

Il hésite. Puis sa tête a un hochement affirmatif très lent. Mon cœur est déchaîné et j'ai une pressante envie d'uriner.

« Alors, monsieur ?

— Alors, dit-il d'une voix forte, qui résonne étrangement, le résultat de la fibroscopie me semble plutôt réconfortant, mais l'intervention est tout de même nécessaire et le plus tôt sera le mieux. Ainsi nous prendrons toutes les chances. Voyons, nous sommes aujourd'hui jeudi. Vous pourriez entrer dans le service de chirurgie dès ce soir, au plus tard demain matin, et vous seriez opérée lundi. Vous avez naturellement la possibilité de choisir votre chirurgien, mais je crois que Fressard... »

Roger Fressard, le patron de chirurgie thoracique. Le grand chef dans toute son horreur. Cinquante-cinq ans, brillant, odieux, méprisant, buté. Pas un pouce d'humanité. Mais, comme le dit en ce moment Rivemale, « il connaît parfaitement son affaire ».

« Je vais réfléchir, monsieur. »

Il se méprend, croit que j'hésite à me faire opérer. Alors il plante son regard dans le mien et dit très vite : c'est nécessaire. Puis il attend mon pourquoi. Mais je ne bronche plus, contractée sur mon besoin d'uriner. Rivemale m'observe avec un mélange d'étonnement et d'irritation. Il espère que je trouverai le courage de lui demander une explication, celle qui justifie cette intervention urgente et nécessaire qu'il me propose. Non monsieur, n'y comptez pas.

J'attends Cristelle, j'attends son compte rendu, même si je ne réussis pas à être tout à fait dupe, même si je pense qu'elle l'a truqué.

« J'entrerai ce soir en chirurgie, monsieur. Et demain je prendrai ma décision quant au choix de l'opérateur. »

Il a un sourire étroit et presque un soupir de soulagement.

« Vous connaissez le problème aussi bien que moi, chère madame. Et ce qui me rassure, c'est que nous intervenons à temps et dans les meilleures conditions. »

Et voilà. Il est content de lui. Une corvée dont il s'est parfaitement sorti; il le dira ce soir à sa femme.

Il se lève, prend mes deux mains, sourit à nouveau.

« Chère madame, je vous verrai demain matin. Vous serez choyée comme une enfant. Notre service est une grande famille et... »

Silence, imbécile. Je lui reprends mes mains; pendant quelques secondes il ne sait où fourrer les siennes. Je pense à ce que feront lundi celles de mon chirurgien et d'un seul coup je n'hésite plus : ce sera Leysourgues, mon vieux copain Lucien Leysourgues avec lequel j'ai fait mon internat.

Mon premier mouvement est de me rendre au bloc chirurgical; j'y renonce au bout de quelques pas. Le patron, Fressard, est certainement làbas. Lui dire non monsieur je ne veux pas de vous, ressemblerait à une gifle. Il le saura très vite mais pas par moi.

De mon bureau j'appelle la chirurgie. Leysourgues opère, il aura terminé dans une demiheure. J'insiste pour qu'il passe aussitôt dans mon service. Et j'attends, seule. Sur mon bureau, des dossiers de malades. Des cas. Aujourd'hui Rivemale a ajouté le mien à sa liste. Comment réagira-t-il quand il apprendra que Leysourgues m'opère ? J'ai choisi « Gros Lulu » — surnom que lui a donné il y a dix ans une ravissante anesthésiste — parce qu'il a un pouls de champion cycliste : lent, régulier. Réflexes parfaits. Je l'ai vu plusieurs fois opérer : il ne perd jamais son contrôle, même lorsqu'il se produit une catastrophe spectaculaire. Il est ancien interne et ses titres s'arrêtent là. Gros Lulu a toujours détesté les concours et n'a jamais su jouer le jeu de l'arrivisme à tout prix. Enfin, il a un atout suprême, ce qu'on appelle « la baraka »: ses malades ont rarement des ennuis postopératoires. Leysourgues contre Fressard : un plouc contre un grand patron. Rivemale ne comprendra pas. Et Cristelle ?

Elle vient d'entrer. Elle pose une fesse sur mon bureau, prend dans mon paquet une cigarette.

« Je vais en chirurgie dès ce soir, Cristelle. J'ai choisi Leysourgues.

— Parfait. Si vous m'aviez demandé un nom, j'aurais dit Gros Lulu. Grâce au Ciel, il n'a pas les idées tordues et souvent dangereuses de Fressard; bref, il ne prend pas de risques inutiles. Voici le compte rendu de votre examen fibroscopique. »

Elle me tend la feuille dactylographiée et je ne peux m'empêcher de guetter son regard : il est clair, tout droit.

« Vous ne lisez pas ? Vous avez peur ? Vous avez déjà vu Rivemale ? »

Je lui dis que je suis allée dans le bureau du patron, et son visage se fige. O Seigneur, si on ne laisse même plus à mes amis la possibilité de me bercer d'un doux mensonge... J'ajoute que Rivemale a été très bref : mon intervention nécessaire et mon entrée en chirurgie dès ce soir, point. Et je me mets à lire :

BROSSAGE : la dominante de ces éléments est réalisée par l'intense contexte inflammatoire. Il y a de très nombreuses cellules bronchiques ainsi que des éléments métaplasiques qui ne présentent pas de caractère suspect. On note parfois des cellules plus volumineuses, isolées, dont les noyaux sont augmentés de taille et de contours un peu irréguliers. Mais le rapport nucléoplasmatique n'est pas modifié.

CONCLUSION : Etalement très inflammatoire, riche en éléments métaplasiques, sans cellules franchement suspectes.

Cristelle a dû dactylographier elle-même ce compte rendu, ce matin à la première heure. Version pour femme froussarde. Version pour Françoise Gaillant. Pourquoi suis-je incapable d'entrer plus avant dans ce mensonge-là ? Les mots sont pourtant parfaitement truqués. Du beau travail, merci Cristelle. Mais pourquoi ai-je envie de hurler ma peur et mon abominable faiblesse ? Est-il plus difficile de croire à un mensonge amical que de refuser l'odieuse vérité des indifférents ?

« Rien d'alarmant, vous voyez, dit Cristelle d'une voix qui me semble légèrement altérée.

— Partez, Cristelle, je vais pleurer. »

Elle se lève d'un jet sans me regarder et va vers la porte contre laquelle elle appuie son front.

« Allez-y, Gaillant, mais je ne vous quitte pas. »

J'ai l'impression de me trouver au bord d'une route en compagnie d'une amie, avec l'envie honteuse de vomir ou de soulager une colique. Mais rien ne vient. Seul le fruit dur au fond de ma gorge s'incruste, me privant de salive. Cristelle, qui a peur du silence et croit à mes larmes, s'est lancée dans une sorte d'explication brouillonne où il est question de ma fatigue, de l'immense fatigue de toutes les femmes qui travaillent à l'hôpital; de la grande bêtise aveugle de Rivemale et de ses sous-fifres; de mes responsabilités; de mon conflit avec Chabret; en bref, de tout ce qui peut logiquement susciter des larmes.

« J'avais un amant, dis-je. Un homme de mon âge que je connaissais depuis très peu de temps. J'ai rompu après avoir vu ma radiographie. Je ne lui ai pas dit pourquoi.

— Vous le regrettez ?

— Franchement je ne sais pas.

— Vous le reverrez après, Gaillant. Si vous en avez vraiment envie, vous le retrouverez. Savez-vous que vous avez ici une réputation de femme fatale ? Vous avez fait des ravages parmi les médecins, il y a quelques années. Du moins, le dit-on.

— Il y a vingt ans, et ça n'était pas des ravages : des coups de griffe, tout au plus. J'étais plutôt décontractée donc remarquable à cette époque-là où les filles qui préparaient les concours avaient presque toutes une gueule ingrate et un comportement de girl-scout. Mais aujourd'hui où l'on voit des pin-up à la pelle parmi les internes, je passerais inaperçue. Vous pouvez vous retourner, mes larmes ont fichu le camp. »

Au moment où elle va le faire, la porte s'ouvre sur Lucien Leysourgues. Sous la calotte blanche, le visage a l'air d'une grosse tomate trop mûre. Comme escamotant le cou, les épaules massives semblent porter cette tête rigolote aux yeux bleus de bébé. Mais je regarde surtout la main que Gros Lulu tend à Cristelle : elle est large, puissante, charnue. Où est le mythe du chirurgien distingué aux longs doigts fuselés ? Leysourgues me fait penser à un boucher, mais ses mains sont d'une habileté surprenante, je le sais et il est bon que je me le répète.

Cristelle a fait un pas vers moi et soudain elle hésite.

« Je viendrai vous voir ce soir, Gaillant, si vous n'arrivez pas trop tard. »

Une pirouette et elle pose un baiser furtif sur ma joue avant de disparaître.

« Alors, dit Leysourgues, raconte. J'ai vaguement entendu dire que tu avais des ennuis.

— Déjà ? Par qui ? »

Il hausse les épaules et ronchonne que ça n'a aucune importance puisque je vais tout lui dire.

Tout ? Non. Inutile de parler du diagnostic de Gravond, des craintes de Rivemale et de celles de Jourdan, du compte rendu probablement truqué de Cristelle et de ma peur de la vérité. La vérité c'est lui qui la connaîtra le premier : quand il ouvrira.

« J'ai besoin d'être opérée, Lucien. Mes poumons. Une opacité suspecte au niveau du lobe supérieur gauche.

— Fressard ?

— Non. Toi.

— Tu es folle. »

Ses yeux font un effort intense pour s'arrondir et mimer l'étonnement. Echec. Ils restent deux fentes rigolardes traversées d'un bleu myosotis.

« C'est à peu près comme si tu disais merde à Fressard, reprend-il. Bon sang, je ne te comprends pas. Le patron est brillant.

— Trop. Je me méfie de ses idées de génie et même de sa technique. Puisqu'il s'agit d'un médecin, moi en l'occurrence, il voudra fignoler et tu verras les suites. Sérieusement, si tu devais faire opérer ta femme, la confierais-tu à Fressard ?

— C'est le patron. Je ne pourrais pas faire autrement.

— Eh bien, moi, si. Tu m'opères quand ? Rivemale souhaiterait cela le plus tôt possible. C'est lui qui a mon dossier : V.S., formule et numération, radiographies, tomographies, etc.

— Tu es sûre que tu ne regretteras pas Fressard ? Il a un nouvel agrégé, un type très prudent, très adroit, qui le freine et s'occupe des soins postopératoires. Depuis quelques mois il n'a presque plus d'ennuis avec ses malades. »

C'est une manière de me supplier d'aller me faire opérer par le patron, et cette faiblesse de Gros Lulu m'est odieuse.

« Nous sommes en 1974, nom de Dieu. En moins de trente ans la médecine et la chirurgie ont fait un bond prodigieux, faut-il que je te le rappelle ? Mais les médecins et les chirurgiens ont le même comportement aberrant qu'au XIXe siècle : les sans-grade s'écrasent devant le patron, même si ce patron a un esprit tordu, même si ses réflexes sont foutus. Enjeu : une vie humaine, presque rien. On va même plus loin, grâce au jeu des statistiques : on divise en deux le camp des malades, après tirage au sort. On opérera les uns, on traitera simplement les autres. Pour voir. Et tant pis pour ceux du deuxième lot qu'une intervention aurait peut-être sauvés plus sûrement.

— Mais tu n'en es pas là, dit Leysourgues avec véhémence. On t'a tout de suite proposé l'intervention.

— J'ai de la chance, hein ? »

Pauvre Gros Lulu. Il n'a jamais pu supporter les emmerdeuses et en ce moment j'en suis la reine.

« Diagnostic de Rivemale ? demande-t-il.

— Assez pessimiste.

— Ça veut dire quoi ?

— Devine.

— Bon. Et le tien ?

— Je n'en ai pas. Je ne veux pas en avoir. J'ai cessé d'être un médecin pour devenir une bonne femme comme les autres. Une malade à qui il faut raconter des histoires. »

Il dit non avec un sourire gentil et me prend par les épaules. Surprenante douceur de ses mains. Il me laisse un long moment devant ses yeux.

« C'est comme si tu étais ma sœur, Françoise. Je t'ai connue toute petite, bien plus fragile en fin de compte que tu ne l'es aujourd'hui. Mais déjà difficile à manier.

— Et idiote. J'aimais la vie, j'avais peur de la mort. Je continue.

— Et excessive. »

Lui aussi me préférerait sans doute digne ou décontractée. Mais qu'ont-ils donc tous ? Une absence abominable d'imagination. La vie, pour eux, s'arrête aux frontières de la leur, c'est tout simple.

« Trouve-moi une chambre pour ce soir, Lucien. Tu m'opères lundi ? »

Il fait oui de la tête et ses grosses mains s'écartent de mon corps raidi par l'agacement pour aller se poser sur son ventre. Penchée, je les regarde de tout près.

« Je vais examiner ton dossier, dit-il. Et je suis sûr que tout se passera bien, même si c'est moi qui t'opère », ajoute-t-il dans un sourire.

CRISTELLE m'a mise hier soir en condition : je suis en sursis. Trois jours pendant lesquels il serait dérisoire de me vautrer dans mon enfer. « On ne sait rien de précis, Gaillant. Les radiographies et les tomographies sont peut-être inquiétantes, mais l'examen fibroscopique, rassurant. Seule l'intervention permettra d'obtenir des renseignements valables. »

Attendre trois jours avec la tête vide et le corps mou, c'est ce à quoi je m'applique avec l'aide des tranquillisants et des somnifères. La nuit est là, mais on a laissé au-dessus de ma tête une veilleuse. L'arrivée du sommeil : un glissement brutal vers une image de mon enfance. Une fillette aux cheveux nattés lève la tête vers un soldat noir américain qui lui tend un paquet de chewing-gum. Une dame en blanc, ma mère, lui tape sur les doigts pour l'empêcher de prendre ce cadeau inespéré : « Ma petite fille, si tu insistes, je te gifle devant ce nègre et tu pourras aller te plaindre à ton père, il n'osera pas te défendre. » Je resurgis, tirée vers le réel par une douleur dans la nuque, et plusieurs secondes s'écoulent avant que le décor où je suis me paraisse familier : une chambre de l'hôpital où je travaille. Une chambre vaste que la veilleuse éclaire à peine. Des petites taches de lumière sur mon lit, mais une ombre dense, inquiétante, tout autour. Dans la pièce voisine, une femme gémit. Elle a été opérée hier et ses sanglots rauques me traversent la tête comme un foret brûlant. Quelques instants plus tard l'interne et la surveillante foncent dans le couloir. Leurs pas sur le carrelage : un fracas intolérable. Qui osera recommander aux internes de garde de se chausser, la nuit, d'espadrilles ?

Deux heures plus tard ils reviennent pour une autre malade et me font penser à une patrouille de soldats ou de flics. J'enfonce des boules Quiès dans mes oreilles. Et juste avant d'être à nouveau engloutie par le sommeil, dans cette zone d'inconscience où tout est absurde, où tout est possible, je hurle sans que mes cris puissent franchir la frontière de ma gorge, je hurle que je vais mourir. Tranquillisant. L'instant d'après tout mon corps se détend. Un grand coup de noir dans mon esprit. Et je meurs à nouveau, heureuse.

A sept heures une infirmière me secoue pour me réveiller, elle me tend un thermomètre que j'ai envie de jeter sur le carrelage. Une telle fatigue. Et ma colère. Mais la pauvre femme n'y est pour rien. Les ordres sont les ordres, c'est-à-dire absurdes.

Température : 37°5. La malade de la chambre voisine a 40°, me dit l'infirmière, elle a passé une très mauvaise nuit. Moi aussi, merci. Et il m'est interdit de me rendormir : nettoyage de la chambre, petit déjeuner, toilette, prise de sang. On vous assomme dès le premier jour. On vous impose un rythme de vie qu'une personne bien portante ne supporterait pas.

C'est ce que je dis avec véhémence à Rivemale qui est là, debout au pied du lit, sans assistants, sans internes, sans externes. Seul. Eteint. Jourdan a dû lui raconter la scène qui a suivi mon examen fibroscopique, et Rivemale se méfie; tellement qu'il n'ose, pour l'instant, que des questions anodines, comme le ferait un quelconque visiteur : est-ce que j'ai tout ce qu'il me faut ? Un téléviseur dans ma chambre, ce serait une bonne chose, non ? La nourriture est-elle suffisante ?

« Je suis fatiguée, monsieur. »

Et je laisse tomber mes paupières. Mais il reste là, comme s'il cherchait à m'amener peu à peu à jouer mon rôle de médecin-terrassé-par-la-maladie avec lucidité et crânerie. Il me dit d'abord sa déception : pourquoi ai-je choisi Leysourgues ? Oh ! il n'a rien contre Gros Lulu, non, mais tout de même... Quand on a la possibilité de s'offrir un Fressard, on n'hésite pas. Est-ce que je n'ai pas toujours eu tendance à vouloir me singulariser, à lancer des défis ? Amusant, amusant oui, tant qu'il ne s'agissait que de choses sans importance. Mais aujourd'hui la gravité de la situation...

Nous y voilà. Je reste aveugle, protégée par mes paupières baissées. Mais puis-je encore être sourde ?

« Est-ce que votre mari ?... »

Je soupire et rouvre les yeux; ceux de Rivemale m'observent avec une curiosité appuyée, comme si j'étais devenue tout à coup un objet insolite. Mais aussitôt : sourire de part et d'autre.

« Mon mari ne s'inquiète pas, monsieur. D'abord, parce que l'anxiété est un sentiment qui lui est étranger. Ensuite, parce que depuis longtemps il a cessé de m'aimer. »

Sur le visage du patron s'agite un pudique désordre. Ah ! l'emmerdeuse que je suis. Quand Rivemale entend parler de la vie privée de ses collaborateurs, il crie à l'indécence. Les mariages, la naissance d'un enfant, les baptêmes, voilà qui peut lui être révélé sans qu'il ait envie de se cacher. Sa curiosité s'arrête là. Tout le reste est pour lui littérature malsaine. Le divorce ? Il ne comprend pas. L'adultère ? Encore moins. Et parce que j'ose lui dire que mon mari ne m'aime pas et que j'ai peur de la mort, il me classe parmi les monstres, en compagnie des putains, des homosexuels et des athées.

« Réfléchissez encore, madame, il n'est pas trop tard, je veux dire : pour Fressard. Sagement, Leysourgues est venu me trouver : il n'avait encore révélé à personne, dans le service, que vous l'aviez choisi. Il estime, comme moi, qu'il serait plus courtois de demander au moins l'avis de Fressard. »

Je crève d'angoisse et mon patron me conseille d'être courtoise.

« Non monsieur. L'avis de Fressard ne m'intéresse pas. Pas plus que le chirurgien qu'est Fressard. Du vent, de l'esbroufe, du scabreux. Et des nerfs particulièrement fragiles. Ma vie est en jeu. Laissez-moi au moins choisir mes pions. »

Je le sais horrifié sous son masque à peine ébranlé. Je lui crée là un fichu problème. Fressard est un grand patron qui opère des hommes d'Etat, en France et à l'étranger. Fressard est condescendant avec Rivemale qui admire son panache, ses relations et sa désinvolture. Et Fressard est capable du pire quand il se sent humilié. Rivemale cherche déjà les arguments qui lui permettront de ne pas essuyer le mépris du patron de chirurgie : Mme Gaillant connaît Leysourgues depuis très longtemps, ils ont fait leur médecine ensemble — et pourquoi pas leur première communion ? Le choix de Mme Gaillant est uniquement dicté par l'amitié. Un réflexe de femme. Du cœur, oui. Une grande compétence. Mais tout de même, une part de fantaisie tout à fait discutable, etc. Rivemale, tu m'écœures, mon vieux. M'as-tu déjà remplacée ? Fernstein ne te conviendra pas longtemps parce qu'il est juif, et ça non plus tu ne supportes pas. Tu dis « ces gens-là », comme ma mère. Tu dis « ils ont de l'imagination, de l'humour, mais pas le moindre courage ». Et ton courage à toi, Rivemale, où est-il ?

« Je vous demande tout de même de réfléchir, madame. Votre jugement sur M. Fressard est des plus injustes. Vous ne devriez pas vous montrer aussi excessive. »

Un démon bouffe mon poumon et je devrais rester sereine. Cristelle pardonnez-moi, je retombe en enfer, je ne sais plus me mentir; pour l'instant, Rivemale me l'interdit.

« Dans ce cas précis, être excessive c'est se montrer lucide, monsieur. Je suis étonnée que vous puissiez me le reprocher.

— Lucide, chère madame ? »

Sa cruauté mesquine, je la lis dans ses yeux qui me disent que je l'emmerde à cent pour cent avec cette fichue tumeur qui s'est faufilée dans mes bronches et qu'il faut bien appeler cancer parce que tout le monde y pense, sauf moi qui m'y refuse en jouant les petites femmes fragiles. S'il osait, il le dirait tout haut. Mais il n'osera pas. Parce qu'il ne faut jamais sortir des convenances, même quand il s'agit d'une situation dramatique. Oui, c'est toi qui manques de courage, Rivemale, et c'est bien cela, ta lâcheté, qui te pousse vers la porte avec un « reposez-vous madame » jeté dans un maigre sourire.

« Ils sont là, madame Gaillant. Ils n'osent pas entrer. Ils disent que vous ne voudrez peut-être pas les recevoir. Ils attendent depuis vingt minutes dans le couloir. Ils sont si mignons.

— Qui, Raymonde ?

— Vos enfants, madame Gaillant. »

Et sans me laisser le temps de réfléchir, elle me tend mon miroir, ma trousse à maquillage, elle redresse mes oreillers, fait disparaître les plis du drap. Une infirmière efficace.

« Alors, vous les recevez ?

— Evidemment. »

Un brin de poudre sur mon visage blême, rien d'autre. J'ai le trac, ma main tremble, Raymonde s'agite autour de moi, elle est veuve et mère de quatre enfants, elle me parle du petit dernier, un garçon de l'âge de Julien qui veut être médecin.

« Ils sont venus seuls, Raymonde ?

— Oui. Votre fille et votre fils. Tout seuls. Comme deux orphelins. »

Et le beau visage aux traits sévères devient pourpre. Raymonde est si bouleversée d'avoir ainsi gaffé qu'elle reste bouche ouverte sur sa stupeur.

« Faites-les entrer, Raymonde.

— Je ne sais pas ce que je disais, madame Gaillant, pardonnez-moi. »

Deux orphelins. Ils en ont bien l'air. Ils laissent l'un et l'autre pendre au bout de leur bras une rose enveloppée de cellophane. Le même geste pour me la tendre. Le même murmure : « B'jour M'man. » Le même visage crispé. Et des larmes qui brusquement jaillissent, les leurs, les miennes.

Le théâtre. Je m'y vautre avec un abominable plaisir, un enfant dans chaque bras, nos visages rapprochés, nos pleurs mélangés, nos mots inintelligibles. Que savent-ils ? Que je vais être opérée lundi, sans aucun doute. Mais Gérard leur a-t-il dit pourquoi ? C'est peu probable. J'ai quitté l'appartement, hier, sans les avoir revus. J'imagine soudain qu'ils ont la possibilité de connaître, sur mon cas, toute la vérité, du moins celle que Rivemale, Jourdan et Cristelle connaissent. Et leur chagrin me plonge dans un abîme de délicieux désespoir où je m'incruste aussi longtemps que durent nos larmes, qui resurgissent à peine absorbées d'un coup de langue.

Je pense à Geneviève Liénard qui s'est privée de ce théâtre-là, nécessaire et impudique. Et férocement agréable. Je coule mais je ne suis pas complètement abandonnée : les larmes de mes enfants me grisent.

« Qu'est-ce qu'ils vont te faire ? me demande Elisabeth qui, la première, se détache de moi.

— M'enlever une petite saleté, un abcès probablement qui s'est fourré dans mon poumon gauche et qui me fait tousser.

— En somme, ça n'est pas tellement grave, conclut-elle.

— Non, pas tellement. »

Rideau. Comme si, brusquement, tout virait au froid dans cette chambre surchauffée. Je suis à nouveau seule avec mes petits mensonges et mon espoir vacillant.

« Papa avait l'air très inquiet, dit Julien avec une surprenante satisfaction. Nous l'avons assommé de questions mais il n'a rien voulu dire.

— Parce qu'il n'y a rien à dire.

— Alors pourquoi as-tu pleuré, Maman ?

— Les nerfs. Et aussi une certaine complaisance. Je n'ai pas résisté à vos propres larmes.

— C'était bon ces larmes », dit rêveusement Julien. Et il s'assied sur le lit, auprès d'Elisabeth qui passe son bras autour des épaules de son frère. Deux orphelins. Ils me regardent intensément et je réussis à leur montrer un sourire confiant.

« Dans deux semaines, si tout se passe bien, je rentrerai à la maison. Comment va Mammy ?

— On s'en moque, dit Julien.

— Il bluffe », corrige Elisabeth.

Il proteste que non; que, hier soir, Mammy a repris deux fois des quenelles alors que sa sœur et lui ne pouvaient pas manger parce qu'ils pensaient à moi dans ma chambre d'hôpital.

« Mammy est une femme raisonnable, dis-je. Des bourrasques ont passé sur elle, l'ébranlant à peine. C'est elle qu'il faut envier. En fin de compte, mon cas n'est pas intéressant : je vais subir une petite intervention à peine plus importante qu'une appendicectomie. »

J'ai parlé très vite, regardant mes mains.

Quand je relève la tête, je découvre, au-dessus de celle de mes enfants, le visage de Régis Chabret. Il vient d'entrer comme un voleur, laissant la porte ouverte.

« Un ennui, Chabret ?

— Non madame, non. Je viens prendre de vos nouvelles.

— Refermez cette porte, voulez-vous. »

Avec un certain agacement je lui présente mes enfants qui se sont levés, qui paraissent ennuyés, qui se balancent d'un pied sur l'autre en observant mon interne. Le regard de Chabret glisse sur Elisabeth pour s'attarder sur Julien, sur le visage rond, les cheveux de deux doigts et le sourire contraint.

« Votre fils sera médecin, madame ?

— Non, dit Julien.

— C'est moi qui fais médecine, intervient Elisabeth. Ça vous étonne ?

— Non, certainement pas. »

Et le silence s'installe. J'ai envie de fumer mais j'ai jeté mon dernier paquet de cigarettes avant d'entrer dans cette chambre. Ma sagesse s'est arrêtée là. Impossible, comme me l'a suggéré Jourdan, de mettre de l'ordre dans mes dossiers personnels et de faire un testament. Ma mère, que j'ai vue avant mon départ, m'a conseillé d'avoir, avant mon opération, une conversation avec un prêtre, le sien, celui qui vient bavarder avec elle une fois par semaine et qui déplore chaque fois, m'a-t-elle dit, ma désaffectation et celle de mes enfants pour l'Eglise. Je me refuse à être préparée au pire.

« Ainsi, madame, c'est M. Leysourgues qui va vous opérer. »

La voix sourde de Chabret. Son regard fuyant. La longue mèche brune et poisseuse qui barre son front buté.

« Oui mon vieux, j'ai choisi Leysourgues. Vous ne m'approuvez pas ?

— Oh ! il a opéré parfaitement Mme Liénard. C'est un chirurgien consciencieux. »

Mon Dieu j'avais oublié Liénard, j'avais oublié l'origine de mon conflit avec Chabret, et je pose soudain sur mon interne des yeux épouvantés. Il est capable d'oser, non seulement par défi mais par bêtise. Il est capable d'oser me dire devant mes enfants qu'il a bavardé avec Gravond et avec Rivemale; qu'il croit au diagnostic du radiologue, qui est probablement celui du patron, et qu'il serait bon, c'est-à-dire intelligent que j'assume dignement cette évidence-là. Oui, il en est capable et la peur me pétrifie.

Mes enfants. Je suis tout étonnée de penser à eux, de penser au massacre que représenteraient les paroles de défi lancées par Chabret. Mon propre effroi ne compte plus. Elisabeth et Julien. Les épargner à tout prix. Mais comment faire comprendre à mon interne qu'il doit se taire ? Sa bouche s'applique à sourire quand il me dit :

« Tous vos malades sont inquiets, madame. Je ne peux pas entrer dans la salle des hommes ni dans celle des femmes sans qu'on me parle de vous. Et Mme Liénard que j'ai vue ce matin...

— Sortez, Chabret. »

Ma panique. C'est elle qui m'a imposé ce coup de fouet lancé à mon interne qui visiblement ne comprend pas. Visage blafard, il promène autour de lui un regard incrédule mais il ne bouge pas.

« Je suis exténuée, mon vieux. Je vous demande de partir. »

Il le fait d'un pas raide, oubliant de saluer Elisabeth et Julien qui se sont rapprochés du lit, main dans la main. Je leur souris.

« Si tu es fatiguée, nous te laissons, dit Julien.

— Tu l'as blessé ce mec, me reproche doucement Elisabeth, je crois que c'était inutile. Oui, nous partons. »

Elle se penche pour m'embrasser, son parfum est doux, son regard perplexe, sa voix on ne peut plus triste.

« Maman, je penserai à toi sans cesse. Tu n'aimes pas ce Chabret; pourquoi ?

— Quelle importance ? »

Ma peur est à peine apaisée. J'ai blessé mon interne mais je ne le regrette pas puisque c'est à ce prix que j'ai réussi à épargner mes enfants. Priorité des priorités : être efficace, disait mon maître André Delattre.

Elisabeth et Julien sont partis et je laisse tomber mes paupières. Mon théâtre familial m'a évité pendant près d'une heure de penser à Daniel, à sa voix métallique que j'ai retrouvée au bout du fil, ce matin, après la visite quotidienne de Rivemale.

« Pourquoi m'appelles-tu, Daniel ?

— Parce que ne pas t'appeler serait la plus grande des lâchetés. Il m'a suffi de faire une brève enquête pour savoir qu'on allait t'opérer. Je veux croire que c'est là la seule raison qui puisse justifier cette rupture absurde que tu m'as imposée.

— Non.

— Alors je ferais bien de venir te voir pour que nous bavardions tranquillement. Je suis à vingt mètres de l'hôpital, dans un bistrot. »

Impulsivement j'ai saisi ma trousse à maquillage, et dans le miroir ovale j'ai regardé une femme ravagée et presque laide mais qui souriait avec les yeux d'une bonniche qu'on lève dans un bal, idiote.

« Je ne sais pas si j'ai envie de te voir, Daniel. »

Je mentais et je ne mentais pas. Une si grande lassitude. Et le désir irrépressible de ne plus tricher.

« Si tu ne sais pas, je viens, disait Daniel.

— Ecoute-moi d'abord. J'ai peur, je suis tout entière occupée par ma peur d'avoir un cancer. Et pourtant je refuse le diagnostic qui m'obligerait à avoir une certitude et à l'assumer. Toute conversation avec moi ne peut donc être qu'intolérable parce que mes interlocuteurs ne savent pas mentir ou ne le veulent pas ou ne le peuvent plus. Que viendrais-tu faire dans cette galère, Daniel ? »

J'espérais peut-être qu'il me dirait : te donner ma tendresse, mon amour, mon dévouement; quelque chose de très bête mais d'irréfutable. J'entendais sa respiration au bout du fil. J'ai compris qu'il avait peur lui aussi. Peur d'un avenir compliqué et un peu dégoûtant. Il a dit d'une voix sifflante, qui faisait vibrer l'appareil, qu'il était persuadé que je mentais et qu'il s'était laissé engluer dans le rêve d'une démente. C'est moi la première qui ai raccroché.

Je ne le regrette pas. Je n'avais plus rien à offrir à Daniel. Me recroqueviller sur un espoir ténu et attendre, tel est désormais mon programme. J'ai les yeux fermés et le sommeil vient à moi avec une douceur qui m'engourdit. Assoupie également mais têtue, mon angoisse s'est incrustée dans la zone la plus secrète de ma conscience et par moments elle a un sursaut de bête qu'on dérange.

A l'instant même où je vais sombrer, la porte de la chambre s'ouvre sur Hélène Varèse, mon externe préférée.

« Madame.

— Oui, Varèse ?

— Madame, je suis furieuse. »

Elle me regarde à peine, comme si je n'étais dans cette chambre, dans ce lit, que pour me reposer entre deux visites. Mon opération, ma peur, ma sale gueule ne comptent pas, et pendant quelques instants je lui suis reconnaissante de me faire croire avec tant de fougue et de sincérité que tout cela, effectivement, ne compte pas.

« Que se passe-t-il, Varèse ?

— Denise. Elle nous a encore volé un mort. »

Denise est une infirmière de notre service. Rien ni personne ne l'impressionne, pas même les patrons. Tant que les médecins font leur travail dans des normes qui lui conviennent, elle est souple et efficace; sinon, elle fonce et se révolte. Seule contre tous. Or, pour Denise, sortir des normes c'est, entre autres choses, pratiquer une autopsie sur un homme ou une femme qui vient de mourir dans le service. Bien qu'on lui ait expliqué cent fois que l'autopsie d'un certain type de malade — atteint de cancer ou d'affection encore inexplicable — peut faire avancer nos connaissances, elle est farouchement contre. Je crois en Dieu, réplique-t-elle, butée.

Et le plus fervent des chrétiens a envie de la gifler.

Mais les convictions de Denise n'auraient guère d'importance si elle n'intervenait pas directement pour tenter d'éviter l'autopsie. Quand un malade de notre service est dans le coma, elle téléphone elle-même à la famille et décrit en termes effrayants les principales phases de l'autopsie que les médecins ont l'intention de pratiquer. Vous pouvez faire opposition, ajoute-t-elle, c'est votre droit, mais hâtez-vous. Et on voit rappliquer la famille du mort, chaperonnée par une Denise triomphante.

« Le jour où l'avortement sera autorisé légalement dans les hôpitaux, dit Varèse, Denise s'y opposera de la même façon, elle nous a prévenus ce matin. J'avais envie de l'étrangler. Comment allez-vous, madame ? »

Son beau visage penché vers ma sale gueule. J'ai envie de me cacher. Je me sens poisseuse et sotte.

« Je vais bien, Varèse. Asseyez-vous. Comment ça marche avec Fernstein ? »

Elle me dit qu'il est à la fois gentil et bourru, rapide et discret, et que ses relations avec Chabret sont on ne peut plus tendues, ça vous étonne madame ?

« Non. Vous êtes pâlotte, Varèse.

— Je suis enceinte, madame. C'est un problème dont il faut que je vous parle. »

Premier réflexe : je ne veux pas le savoir; c'est celui de tous les médecins de plus de quarante ans, ceux qui jusqu'à présent avaient la terreur d'être compromis et odieusement punis. Pourtant, aujourd'hui, c'est le règne de la détente puisque les risques sont devenus minimes.

J'ai honte maintenant de ce premier réflexe. Si Varèse tient à se faire avorter, je l'aiderai.

« Vous feriez mieux de ne pas en parler ici et d'aller en Angleterre où j'ai une adresse. Savez-vous ce que Rivemale a déclaré au moment où l'on essayait de faire voter la loi sur l'avortement ? « Dans mon service j'interdirai, quoi « qu'il arrive, l'avortement. Je m'opposerai « à la loi. »

— Mais il n'est pas question de ça, proteste Varèse. Cet enfant, je tiens à le garder.

— Alors où est le problème ?

— Je ne veux pas épouser le père. Je tiens à rester une mère célibataire, même si je rencontre un jour un homme qui me convient mieux et qui insiste pour m'épouser et reconnaître l'enfant. »

Elle a vingt-deux ans. Elle prépare l'internat. Elle pourrait faire une carrière brillante, mais j'ai peur que cet état de mère célibataire ne soit pour elle un handicap sévère; je le lui dis.

« Oh ! madame, vous exagérez. Aujourd'hui nous n'en sommes plus là.

— Dans notre milieu si, Varèse. Je peux vous affirmer, en tout cas, que vous ne seriez jamais invitée chez Rivemale ni chez Jourdan.

— Je m'en fous. »

Je ne m'en suis jamais foutu. Et pourtant ces dîners m'ont toujours paru ennuyeux. Mais je tenais à jouer le jeu. Une gagnante. Varèse devrait me mépriser, qui le sait. Or c'est à moi qu'elle se confie.

« Le père ?

— Un imbécile. Un médecin », ajoute-t-elle en rosissant.

J'ai, moi, épousé le père de mes enfants et

gâché ainsi ma vie familiale, la sienne, la leur. L'enjeu : ma carrière. Cela, Varèse ne le sait pas et je n'ose pas le lui avouer.

« Est-ce ma bénédiction que vous attendez, Varèse ?

— En quelque sorte, oui. Ce n'est pas pour moi que j'ai peur mais pour l'enfant. Plus tard il peut souffrir de n'avoir pas de père.

— Il souffrirait davantage d'avoir des parents désunis. Varèse, comment vous en sortirez-vous matériellement ? Ça coûte cher un enfant. »

A nouveau elle rosit et m'avoue que sa famille est très riche, comme s'il s'agissait d'une tare.

« Je n'accepterai leur aide que jusqu'au moment où je pourrai gagner ma vie, ajoute-t-elle. Je n'aime pas mes parents. »

Elle se lève, regard flottant au-dessus de ma tête, regard myope, perdu.

« Me permettez-vous, madame, d'assister à votre opération ? »

Impossible de lui cacher mon agacement. Je ne sais à quoi attribuer le désir de Varèse et je n'ai pas envie de le lui demander.

« Ne vous méprenez pas, madame. Il ne s'agit pas d'une simple curiosité. L'affection que je devrais avoir pour ma mère, je l'ai en quelque sorte reportée sur vous. »

Ce qui signifie qu'elle a peur pour moi. Elle a dû entendre Rivemale et Jourdan bavarder dans les couloirs et ils se sont montrés très pessimistes. Et elle veut être là au moment décisif.

Je reste silencieuse, tendue. Varèse semble déçue. Qu'espérait-elle ? Que je lui ouvrirais mes bras : viens sur mon cœur, ma fille, et pleurons ensemble sur mon malheur. Pour ce théâtre-là, mes propres enfants me suffisent. Il est dit que dans cet hôpital on ne me permettra jamais d'être sereine.

« Vous paraissez fatiguée, madame, je m'en vais. »

Une toute petite voix, la sienne, brisée par l'émotion. Mon silence l'a non seulement déçue mais blessée.

« Cet enfant, Varèse, je vous propose d'être sa marraine.

— Je ne le ferai pas baptiser, madame. La religion, je m'en fous. »

Je vois la porte se refermer sur un visage crispé et blême. Pardonnez-moi, Varèse, mais dans ma lutte pour ne pas sombrer je préfère votre hostilité à votre pitié.

ET dimanche est là. Dans quelques heures on m'opérera. Je n'ai pas voulu revoir mes enfants et j'ai refusé de recevoir le prêtre que ma mère m'avait envoyé. Depuis ce matin, depuis la visite de Leysourgues, j'ai lu deux romans policiers; je serais incapable d'en résumer l'intrigue. Mais tout de même, entre deux chapitres, je parvenais à m'oublier. Le reste du temps je bougeais faiblement dans mon petit enfer. Le mensonge, me disais-je, le mensonge c'est pour les autres. Je n'ai droit, moi, qu'à une vérité déchirante : celle que mes amis médecins veulent m'imposer. Sont-ils bornés et décevants. Car cette vérité-là, si je l'acceptais, ils la teinteraient forcément de mensonge. Parce que la lumière totale serait insoutenable, même pour eux. Ils diraient donc : « un bon cancer ». Puis, si je commençais à souffrir : « ça ne durera pas ». Et si je hurlais que je suis foutue, ils ne diraient plus rien, ce qui serait mentir par omission. Alors, leur vérité ? Foutaise.

A cinq heures on m'annonce une visite. Avant même que je puisse refuser, Philippe Trudeau est dans ma chambre, immense et dégingandé avec ses cheveux roux, ses bras interminables et ses mains tourmentées. Il m'embrasse, jette son imperméable sur une chaise, et s'assied sur le lit.

« Qui t'a prévenu, Philippe ?

— Le téléphone arabe.

— Tu mens.

— Oui. »

Il a été, comme moi, l'élève de Delattre. Il est devenu, comme moi, professeur agrégé. Aujourd'hui il dirige un service de pneumo-phtisiologie dans un hôpital de l'A.P.

« J'ai dîné hier chez Leysourgues, avoue-t-il. Il voulait me montrer tes radiographies et tes tomographies.

— Alors ? »

Son œil gris semble vaciller avant de fixer le haut de mon oreiller.

« On ne peut pas continuer à tricher, dit-il en essayant de faire glisser un sourire sur ses lèvres fripées, ce serait indigne de toi, absurde, inadmissible.

— Et quoi encore ?

— Bon sang tu es médecin, Françoise.

— Les médecins meurent aussi. Les médecins souffrent aussi. Les médecins ne sont pas épargnés par la frousse.

— Il n'est pas question de cela. Pour l'instant nous ne savons rien de précis. Mais il serait tout de même préférable pour toi que nous discutions lucidement de ton cas, que nous envisagions calmement les possibilités qui te sont offertes.

— C'est Leysourgues qui t'envoie ? »

J'imagine Gros Lulu se plaignant avec douceur, avec ennui, de mon comportement : elle est mûre pour être traitée par un psychiatre, mais comment le lui faire admettre ? Tout dialogue avec elle est délirant. Dès qu'on prononce le mot cancer, elle devient hystérique.

« Personne ne m'envoie, Françoise. Il me semble que je suis un peu ton frère et...

— Leysourgues m'a dit ça aussi. Ce qui signifie que la famille intervient quand le cas est désespéré. Vous me faites tous chier. »

Je suis tellement crispée qu'une nausée me secoue et je dois m'allonger pour ne pas vomir. J'en pleurerais. Seigneur ils n'ont pas le droit, ils n'ont pas le droit.

Trudeau m'observe avec effroi, comme si je débarquais d'une autre planète. Je lis dans son regard qu'il ne me reconnaît pas, qu'il me rejette, que je n'appartiens plus à son clan.

« C'est dérisoire, Françoise. Ton aveuglement est dérisoire. Au fond, tu sais parfaitement à quoi t'en tenir.

— Au fond de quoi ? Tu parles comme une concierge. »

Je me redresse et il a un mouvement de recul, comme si j'allais le frapper. En quelques instants nous sommes devenus des ennemis.

« Je m'accrocherai, dis-je, malgré tout, malgré vous. » Et je martèle les mots, et je le regarde bien en face, et il baisse les yeux. « L'espoir, dis-je encore, l'espoir est pour tout le monde.

— Il n'est pas question de t'enlever tout espoir, ne sois pas excessive. Mais te mentir me paraît odieux, vulgaire. Si j'étais à ta place, grands dieux, je ne pourrais pas supporter la moindre tricherie. J'exigerais la stricte vérité et je l'assumerais.

— Crois-tu ? Peux-tu prévoir aujourd'hui quelles seraient tes réactions si demain tu devenais brusquement aliéné ? Non. Moi non plus, mais je ne le prétends pas. »

Démente. Il relève les yeux vers moi, plein de l'espoir que je suis devenue folle, effectivement, et qu'ainsi il pourra à la fois comprendre et me pardonner ma lâcheté intellectuelle. Un médecin qu'il a connu en première année de faculté, avec qui il a préparé l'internat, un médecin qui a été l'élève de Delattre ne peut pas se comporter comme l'épicière du coin, à moins d'être devenue subitement démente. Voilà qui le rassure; je le vois à son sourire étroit, à sa main qui s'écrase sur la mienne.

« Ne parlons plus de ça, Françoise.

— Parlons-en, Philippe, c'est le but de ta visite. Mes radiographies, mes tomographies sont inquiétantes si nous nous en tenons à nos simples connaissances. Mais je veux croire encore qu'elles ne signifient pas le pire. Tout est possible dans ce domaine, même l'invraisemblable.

— Si tu y tiens, dit-il dans un murmure.

— J'y tiens comme ce petit prof de philo, Vasson, y tenait. Tu te rappelles ce Vasson, Philippe ? Moi, je ne l'ai jamais oublié. »

Il y a vingt ans nous étions internes, Philippe et moi, à l'institut du Cancer. Marc Vasson venait d'y entrer pour être traité. Cancer vertébral. Nous savions tous que c'était sans espoir. Sauf lui. Et c'était cela le plus surprenant. L'institut du Cancer ne s'appelait pas encore l'institut Gustave-Roussy, et même pour un malade qui n'eût pas été professeur de philosophie il aurait dû sembler évident qu'on ne pouvait y soigner que les tumeurs malignes. Mais, à Vasson, comme aux autres, nous avions dit qu'il était l'exception, traité à l'institut parce qu'il y avait eu, au départ, une erreur de diagnostic et que maintenant il était difficile de trouver un lit dans un autre service. Ils étaient tous l'exception. Et ces exceptions souffraient et mouraient sous les yeux des autres exceptions qui avaient la conviction que ça ne serait jamais leur tour. Et Vasson le croyait, comme les autres. Il disait ils sont foutus, hein ? Ils souffrent salement, c'est effroyable de m'imposer ce spectacle. Philippe plaisantait : vous êtes prof de philo, vous avez des ressources qui vous permettent de supporter cela, nous le savons, sinon nous ne vous aurions pas laissé là.

Quand Vasson a commencé de souffrir, je me suis dit qu'il avait enfin compris, qu'il allait désormais refuser nos mensonges et nous insulter, nous mépriser. Mais non. Je me rappelle son visage supplicié et sa prière : mettez-moi dans une chambre, seul, sinon les autres vont penser que je suis comme eux. Un rhumatisme, merde, je sais que c'est douloureux, mais je ne voudrais tout de même pas qu'on croie que je vais en crever.

« Vasson n'était pas médecin, dit Philippe. Et Vasson était foutu, ce qui n'est pas ton cas. Même si nous envisageons qu'il s'agit d'un cancer...

— Mon Dieu. »

La voix de Cristelle. Fabienne Cristelle vient d'entrer. Elle n'a pas sa longue blouse enveloppante mais un tailleur sombre sur un chemisier crème, col entrouvert. Elle est belle, tendue, impressionnante avec son visage blanc et ses yeux maquillés.

Philippe Trudeau s'est levé.

« Vous vous connaissez sans doute », dis-je.

Cristelle fait non de la tête et le regard qu'elle lève vers Philippe est sans aménité. Je les présente. J'ai la gorge sèche et un violent désir d'être seule. Trudeau se retourne vers moi :

« Tu veux que je reste ?

— Non. »

Il me prend les deux mains, l'œil soudain humide.

« Je suis désolé, Françoise. »

Il répète je suis désolé, l'air malheureux, sans oser m'embrasser. Quand il part, Cristelle vient aussitôt prendre sa place sur le lit. Une sueur légère couvre mon visage et je sais que si j'ouvre la bouche, ma voix trébuchera bêtement sur un sanglot.

« Inutile de m'expliquer, dit Cristelle, j'ai compris. Il était là pour essayer de vous « préparer au pire », comme ils disent. Comme s'il pouvait avoir la certitude que le pire sera pour vous. Il n'en sait pas plus que moi. Mais voulez-vous que je vous dise pourquoi il tient, pourquoi ils tiennent tous tellement à vous préparer au pire ? Parce qu'ils sont dévorés de trouille. Ce qui vous arrive à vous, médecin, peut leur arriver demain à eux, médecins. Et ils se demandent avec effroi comment ils réagiraient. Ils aimeraient en fait que vous acceptiez avec lucidité et crânerie l'éventualité du pire, ce qui leur permettrait de croire que, à votre place, il leur serait facile d'en faire autant. Mais votre peur les épouvante. C'est donc si terrible que ça, se disent-ils, n'y a-t-il donc aucun remède, aucun recours pour éviter de basculer dans l'angoisse et l'horreur ? Oh ! Gaillant, je vous l'affirme, ce sont de pauvres cons. »

Une quinte de toux m'oblige à me redresser

et Cristelle essuie avec un kleenex la sueur de mon visage.

« J'ai déjeuné chez ma belle-sœur, dit-elle gaiement. Affreux. Mon mari m'a obligée à sortir mes perles et le tailleur que je mets pour les mariages et les enterrements. Ma belle-sœur ne supporte pas les femmes en pantalon. Elle a parlé de la dernière pièce à succès qu'elle avait vue, du dernier film scandaleux qu'elle se refusait de voir et du dernier Goncourt qu'elle voulait lire. J'ai dit que je ne lisais que des romans policiers et que je suivais avec plaisir certains feuilletons de la télévision. Elle a ricané méchamment qu'elle ne me croyait pas. Et pourquoi ? Tout simplement parce qu'une scientifique ne peut pas lire des romans policiers et encore moins regarder des feuilletons télévisés. Gaillant, les imbéciles ne se trouvent pas seulement parmi les médecins que nous connaissons; c'est rassurant, non ?

Je ne réponds pas et elle s'inquiète :

« Bon sang, je n'ai même pas réussi à vous arracher un sourire, je suis au-dessous de tout. A quoi pensez-vous ?

— Je vais vous fabriquer un joli mensonge si vous insistez car j'ai la tête vide, Cristelle, c'est la pure vérité.

— Je n'en crois rien. Gaillant, demain on vous ouvre. Quelle heure ?

— Au début de la matinée.

— Je serai là pour l'extemporané. Je serai donc la première informée. Gaillant, j'ai confiance, il faut que vous en soyez convaincue. Je suis entièrement optimiste. »

Il y a un silence, qui se prolonge, qui peut tout signifier. L'effort qu'il me faudrait tenter pour le rompre me paraît hors de mes possibilités. Cristelle ouvre son sac, en sort une cigarette, regarde autour d'elle; constatant qu'il n'y a plus de cendrier, elle renonce à fumer. Elle devrait se lever, partir, mais je vois à son regard d'enfant têtu qu'elle ne le fera pas. Une seule pensée, réconfortante : Cristelle est dans mon camp, comme enfermée dans la pitié que j'ai de moi.

Plusieurs minutes s'écoulent et nous restons là, face à face et muettes, engourdies par notre silence; quand la voix de Cristelle le brise, je le regrette presque.

« Une chose que m'a reprochée aujourd'hui ma belle-sœur : mon comportement immature *dans certains cas*. Elle a bien dit *dans certains cas*, ce qui m'a laissée sans voix. De toute façon, je n'avais pas envie de discuter avec elle. Mais à vous, Gaillant, il faut que je l'avoue : je suis *constamment* immature, je me réfère sans cesse à mon enfance, comme si les années passaient au-dessus de moi sans m'effleurer. Je n'arrive pas à concevoir, sans avoir envie de faire une pirouette, mes responsabilités : celles de la mère que je suis, celles de l'épouse, celles de l'anatomopathologiste. Tout en moi se refuse à être adulte. Comprenez-moi, je ne joue pas à rester jeune à tout prix, je ne joue en fait aucun rôle. Il me semble que je suis parfaitement naturelle. Je reste ancrée à mon enfance, voilà. Impossible de sortir de là. Est-ce que ça vous surprend, Gaillant ?

— Non. Je dirai même que ça me séduit.

— Vous êtes la première personne à qui j'ose avouer cela.

— Nous sommes décidément des complices.

— Nous sommes décidément des amies. »

Elle est debout, longue, tranquille dans son tailleur noir, avec des cheveux légers et ensoleillés.

« Vous êtes épatante, Cristelle, vous me faites du bien.

— Je vous veux du bien. Gaillant, demain vous allez souffrir. Vous souffrirez pendant trois jours, jusqu'à ce qu'on vous enlève les drains. Vous ne penserez qu'à cela. Mais ensuite, quel soulagement, vous en serez presque heureuse. Je vous le répète, j'ai confiance. »

Elle pose sa main sur ma tête pour une brève caresse, et se détourne vite. Je la regarde partir, démarche allongée, épaules horizontales. Avant d'ouvrir la porte, elle fait volte-face :

« Ça va, Gaillant ?

— Ça va », dis-je.

Et un instant plus tard je me mets à pleurer. Ces larmes complaisantes, je n'ai pas pu les trouver ce matin après la visite de Leysourgues.

Lui non plus ne portait pas sa blouse blanche mais un costume bleu marine et une cravate club. Endimanché, Gros Lulu ressemble plus encore à un boucher avec sa lourde figure vernissée et ses cheveux plaqués. Mais ses traits [...]raissent comme gommés lorsqu'il épais. Et ce matin Leysourgues souriait en entrant dans ma chambre.

« Je ne parviens pas à être pessimiste, Françoise. En fait si l'on s'en tient au résultat de ta fibroscopie, je ne vois pas pourquoi on s'inquiéterait.

— Cristelle l'a peut-être truqué, ce résultat.

— Tu es folle. Il est parfaitement authentique. J'ai eu une conversation avec Cristelle.

Elle est convaincue que nous devons être optimistes. Alors j'ouvre demain, et puisque je n'ai plus d'inquiétude, je suis persuadé que tout ira bien. A propos, je voulais te dire que je suis fier de t'opérer, Françoise. Fier, en fin de compte, que tu m'aies choisi. Je vais faire du très bon travail. »

En voilà un qui ne m'accablait plus, Seigneur, mais comment expliquer la terreur qui me saisissait ? Il me semblait que j'étais dégrisée, lavée de cette agressivité contre ceux qui prétendaient m'assener leur vérité, dépouillée de ma colère. Et je me retrouvais non seulement épouvantée mais brisée de dégoût. Malade de solitude malgré cette affection offerte. Je me révélais donc plus difficile à manier qu'une Liénard. Vérité ou mensonge n'avait plus d'importance. Je m'enfonçais bel et bien dans l'horreur.

Mais cette fois calmement. Avec la conviction qu'aucune intervention, maladroite, brutale ou subtile ne pourrait modifier ce désespoir glacé.

Je me trompais. La visite de Philippe Trudeau, il y a quelques instants, m'a remise sur les rails de la révolte.

J'ai à peine le temps d'essuyer mes larmes que mon patron est dans ma chambre. Endimanché lui aussi : costume anthracite très strict, et chemise de soie. Il ne vient que pour [illegible] un instant avec moi, me dit-il, avant les vêpres auxquelles il assiste tous les dimanches.

« Je prierai pour vous, madame.

— Quelle triste farce, monsieur. »

Rivemale me considère avec gravité. Le ton sec que j'ai pris, la tension qu'il voit sur mon visage, le déconcertent. Il se met à chuchoter, très vite, comme s'il avait perdu la possibilité de laisser éclater sa belle voix. Il parle de brebis égarée, de la volonté de Dieu et de son immense bonté, des dangers que représentent les masques du mensonge, des cris de haine dans l'abîme auxquels aucun écho ne répond lorsqu'on conteste le dessein de Dieu, et de la paix qu'apportent la prière et la foi. Je sens les mots frapper mon oreille mais je ne les laisse pas aller plus loin. A nouveau ma colère se concentre en un refus total de jouer, comme l'a dit Cristelle, « cette foutue comédie de la dignité et des grands mots creux ». Ainsi, faute de pouvoir dialoguer, Rivemale va-t-il se résigner à me laisser tranquille. Mais non, il s'incruste, guettant dans mon œil un encouragement, une petite étincelle qui irait dans le sens de sa vérité et de son éthique.

« Je suis exténuée, monsieur. »

Il prend ma main dans les siennes et pour la première fois consent à tricher.

« Je vous sais courageuse, madame. Et nous vous admirons tous. Nous serons là demain matin autour de vous. Plus proches que nous ne l'avons jamais été. Une grande famille. »

Je reste muette, gorge nouée sur un sanglot. Alors Rivemale consent à partir. Mais brusquement j'ai envie de le rappeler pour lui crier qu'il se trompe, que son piètre mensonge est le seul dont je n'avais pas besoin, je ne suis pas courageuse et je ne peux pas l'être parce que c'est plus fort que tout cette angoisse qui m'étrangle à la pensée qu'il est là, *mon cancer*, dans mes poumons, et que lui seul décidera de mon avenir. Oh ! non, je ne triche plus avec moi-même mais je ne suis pas pour autant une femme lucide et magnanime. Impossible, monsieur, voyez-vous, d'exiger que je participe à un dialogue de haute tenue, comme vous le souhaitiez. Parce que je vacille. Parce que vos prières me donnent la nausée. Parce que je n'ai aucun message à vous offrir. Parce que je ne suis que peur et chaos. Et parce que, de cette peur viscérale qui me submerge, il ne peut jaillir qu'un seul cri : je ne veux pas mourir.

IMPRIMÉ EN FRANCE PAR BRODARD ET TAUPIN
7, bd Romain-Rolland - Montrouge - Usine de La Flèche.
LE LIVRE DE POCHE - 12, rue François Ier - Paris.
ISBN : 2 - 253 - 01423 - 0

30/4831/1